Ina Maschner

DER RISS IN DER WAND

Ina Maschner

DER RISS
IN DER
WAND

ROMAN

Diederichs

Penguin Random House Verlagsgruppe FSC® N001967

Copyright © 2023 Diederichs Verlag, München,
in der Penguin Random House Verlagsgruppe GmbH,
Neumarkter Str. 28, 81673 München
Redaktion: Vera Baschlakow
Umschlag: zero-media.net, München
Umschlagmotiv: FinePic®, München
Satz: Satzwerk Huber, Germering
Druck und Bindung: Friedrich Pustet GmbH & Co. KG, Regensburg
Printed in Germany
ISBN 978-3-424-35131-6

www.diederichs-verlag.de

Inhaltsverzeichnis

Prolog

Ob ich an Geister glaube? Aber natürlich. Ich habe mein Leben lang mit ihnen gelebt. Und manchmal war ich selbst ein Geist, nur ein blasser Schatten meiner selbst, und habe es noch nicht einmal gemerkt. Mein Körper lag in einem gläsernen Sarg. Ich sah alles, ich hörte alles, war aber gelähmt. Ich war nicht mehr dabei, nicht mehr unter den Lebenden.

Aber das konnte ich Moritz nicht sagen, als er meinen Zeichenblock durchsah und danach fragte. Denn die meisten Skizzen darin zeigten Geister. Es waren überwiegend Bleistiftzeichnungen mit dunklem Hintergrund und Lichtspielereien, um die Gespenster in Szene zu setzen. Manchmal waren es nur schemenhafte Gesichter, manchmal nur große Augen, die aus einer Finsternis aus Grafit blickten. Je weiter er blätterte, umso mehr Formen nahmen die Gestalten und der Hintergrund an.

Lange verharrte er bei einer Zeichnung eines kleinen Vogels, der auf einem Ast saß.

Es gab einige Bilder von einem unscheinbaren Haus, aus dessen Fenster ein heller Geist hinausblickte. Es gab ein Bild von einem leeren Raum, in dem nur ein Spiegel hing, in dem eine dunkle Gestalt mit weißen, runden Augen zu sehen war. Zum Schluss hin wurden die Geister körperlicher und farbig. Sie zeichneten sich deutlicher vor dem Hintergrund ab, wurden bunt und auch die Welt um sie herum erstrahlte in vielen Farben. Die gezeichneten Figuren waren nicht mehr in Häusern eingesperrt, sondern eins mit der Natur. Die Motive erinnerten an moderne Szenarien aus Märchen und Mythologien mit sehr präsenter Anwesenheit der vier Elemente. Feuer, Wasser, Erde, Luft – in allen Bildern waren sie das zentrale Motiv des Lebensquells, Erschaffung und Aufrechterhaltung. Es waren noch keine echten Kunstwerke, ich hatte noch viel zu lernen. Aber das Spiel von Licht und Schatten beherrschte ich in diesen Zeichnungen schon außergewöhnlich gut.

Jetzt, als Moritz sich an seinem ungepflegten Bart kratzte, erinnerte ich mich an früher. Damals war ich noch ein Kind, und mein Bruder Franz wohnte noch bei unseren Eltern. Moritz war sein bester Freund gewesen, und sie spielten stundenlang zusammen Karten. Ich habe oft zugesehen, und manchmal ließen sie mich mitspielen. Moritz hatte sich in all den Jahren nicht verändert. Noch immer war sein Hemd falsch zugeknöpft und teils unordentlich in die Hose gestopft. Sein dunkles Haar war zerzaust.

Ich beobachtete Moritz, während er meinen Zeichenblock durchblätterte. Seine Mimik blieb regungslos. Moritz' größte Stärke war schon immer sein Pokerface gewesen. Er liebte das Kartenspiel, egal ob es sich dabei um Watten, Schafkopf, Bridge, Poker oder Black Jack handelte. Er kannte sie alle und hatte oft gewonnen. Obgleich er auch mal ein schlechtes Blatt hatte, konnte er bluffen wie ein Hehler.

Beinahe vierzehn Jahre hatte ich Moritz nicht mehr gesehen. Jetzt saßen wir auf den Stufen vor der Wiener Kunstakademie. Es war ein warmer Tag mit bewölktem Himmel. Unter meinen nackten Füßen spürte ich die Wärme des Steins.

Moritz gab mir den Zeichenblock zurück. »Dein Stil hat sich sehr verändert, Hedwig«, stellte er fest.

Ich habe mich sehr verändert, dachte ich, sagte aber mit einem stolzen Lächeln: »Kommt mit der Übung.«

Zu Hause ist es am schönsten

Ich fegte mit meiner Hand den Abrieb des Radiergummis von meiner Zeichnung und pustete die restlichen Gummikrümel, die noch am Papier klebten, fort. Ich betrachtete mein Bleistiftwerk. Ich hatte einen Garten gezeichnet mit einem Torbogen im Mittelpunkt, unter Berücksichtigung des Goldenen Schnittes. Der Torbogen war überwuchert mit Efeu. Im Hintergrund befand sich, ganz klein, eine schemenhafte Kapuzengestalt. Das Zeichnen der einzelnen Efeublätter um den Bogen war das schwierigste, aber ich hatte es geschafft. Ich war sehr stolz und zufrieden mit meinem Werk.

Plötzlich fing der Raum an, sich um mich zu drehen. Ich sah das Zimmer nur noch verschwommen. Dann ließ der Schwindel nach. Das war doch nicht schon wieder ...?

Ich griff nach meinem Smartphone und sah auf das Display. 16:32 Uhr. Ich massierte meine Schläfen. Es war schon wieder passiert. Ich war so sehr in meine Zeichnung vertieft gewesen, dass ich Essen und Trinken vollkommen vergessen hatte. Das rächte sich nun.

Vorsichtig stand ich auf. Nur nicht zu schnell. Nicht dass der Schwindel wiederkam. Dann ging ich hinunter in die Küche. Noch bevor ich die letzte Stufe der Treppe erreicht hatte, hörte ich die Stimme meines Vaters: »Hedwig, hol mal die Post von draußen rein!«

»Ja, mach ich«, rief ich zurück und trat durch die Haustür ins Freie. Die Sonne schien, und es war angenehm warm. Ich liebte Sommertage und Sonnenschein. Die Welt war in ein wundervolles Licht getaucht, und die Natur zeigte sich von ihrer besten Seite. Kurz genoss ich die Strahlen in meinem Gesicht und die Aussicht um mich herum. Ich nahm mir vor, öfter draußen zu sitzen und zu zeichnen.

Unser Haus war nichts Besonderes. Es war ein Reihenhaus aus den 1960ern am Rande von Innsbruck. Im Hintergrund ragten imposant die mit Schnee bedeckten blauen Berge der Alpen empor.

Das obere Viertel des Hauses war mit Holz verkleidet, die Balkone sowie die Fensterläden waren ebenfalls aus Holz, das im Sonnenschein in einem warmen Hellbraun mit leicht oranger Färbung leuchtete. Das Haus fügte sich ins Gesamtbild des Viertels und stach nicht heraus. Es war wie jedes andere Haus in der Straße. Der Garten war gepflegt, aber nicht bemerkenswert.

Dann ging ich zum Briefkasten und holte die Post. Auf dem Weg zurück ins Haus sah ich die Sendungen durch. Darunter waren das Billa-Flugblatt mit den aktuellen Angeboten der Woche, ein Modekatalog, den meine Mutter immer durchblätterte, ein Brief von der Versicherung an meinen Vater, ein Brief von Greenpeace – sicherlich ein Spendenaufruf – und – ich konnte es kaum glauben und hätte fast alle anderen Sendungen fallen lassen – ein Brief an mich von der Akademie der bildenden Künste Wien.

Vor einiger Zeit hatte es mich gepackt, und ich hatte mich an der Kunsthochschule in Wien beworben, beseelt von dem

Traum, bildende Kunst zu studieren. Zeichnen war meine Leidenschaft, und ich wollte mehr lernen. Das Studium versprach eine vielseitige Ausbildung: eigene Formsprache, neue Techniken und Wahrnehmungsschärfung. Auch das wissenschaftliche Arbeiten faszinierte mich. Die Chance zur Zulassung stand günstig, und nach der Prüfung kam endlich die ersehnte Zusage.

Jetzt, Ende Mai, hielt ich einen Brief von der Akademie in den Händen. Ich sprang vor Freude in die Luft und ein quietschender Laut der Freude entwich mir. Ich freute mich wie ein kleines Kind, buchstäblich wie ein Honigkuchenpferd.

Ich lief zurück ins Haus. Ich musste meinem Vater davon erzählen! Ich spürte ein Kribbeln in meinem ganzen Körper, eine vitale Energie, die mich durchfuhr, und dann ein Stich in den Magen. Ich blieb stehen und sah an die leere Wand. Ich fühlte mich plötzlich ebenso leer wie es der Flur war. Ich konnte mich erinnern, dass eben hier die Medaillen und Pokale meines Bruders präsentiert wurden. Heute war davon nichts mehr zu sehen.

Dann hörte ich sie. Eine Stimme in meinem Kopf, sanft wie Watte, aber intensiv und klebrig wie geschmolzener Zucker.

Kannst du deinem Vater wirklich davon erzählen? Denkst du, er würde sich für dich freuen? Du kennst ihn doch. Er ist Realist, durch und durch. Träume sind Schäume, das sagt er doch immer.

Aber vielleicht, dachte ich, könnte ich ihm begreiflich machen, wie wichtig dieses Studium für mich wäre. Was für eine großartige Chance diese Zulassung für mich böte.

Eher würde er dein Bestreben, Künstlerin zu werden, nicht unterstützen. Zu unsicher, kein festes Gehalt. Was soll denn aus dir werden?

Was, wenn ich ihm unrecht tat, fragte ich mich. Er machte sich nur Sorgen um mich. Er wollte doch nur, dass es mir gut ging. Ich beschloss, es einfach zu versuchen. Ich würde ja sehen, wie er reagieren würde.

Na klar. Renn in dein Verderben. Schön in den Abgrund hinunter.

Ich spähte in unsere Küche. Zuerst fiel mein Blick auf ein Blechschild, auf dem mit großen, geschwungenen Lettern stand: *Zu Hause ist es am schönsten.*

Mein Vater spülte Töpfe und Pfannen ab, während er in seinen weißen Bart hineinfluchte. Es roch nach geschmolzenem Käse, Tomatensoße und etwas Eisenhaltigem ... Hackfleisch, vermutete ich. Dem Geruch nach hatte mein Vater Lasagne gemacht. Überlagert wurde der Geruch vom Zitronenduft des Spülmittels.

Ich legte die Post auf die Anrichte. Danach goss ich Orangensaft in ein Glas und leerte es in einem Zug.

»Papa«, sagte ich.

Als Antwort bekam ich ein undefinierbares Geräusch, das sich mehr nach einem Husten anhörte als nach einer kommunikativen Entgegnung. Das kannte ich von ihm. Er drehte sich nicht mal zu mir um. Ich spürte einen Stich in der Brust, atmete tief durch und straffte meinen Rücken.

»Ich habe mich entschieden«, versuchte ich es wieder. Irgendwie hoffte ich immer, dass mein Vater sich doch noch einmal zu mir umdrehte und mir zuhörte. Wenigstens ein Mal.

Er fluchte etwas, während er eine Auflaufform schrubbte. Der eingebrannte Käse wollte sich wohl nicht wegwaschen lassen. Dann schwieg er wieder, vertieft in seine Arbeit.

»Bist du wütend?«, fragte ich.

»Ich bin nicht wütend«, fuhr er mich an.

Eine Weile stand ich still neben ihm und hoffte darauf, dass ihm doch noch einfiele, dass ich hier war. Eine Minute verging. Dann die zweite.

Ich nahm ein Geschirrtuch zur Hand und trocknete die Sachen ab, die mein Vater abgespült hatte.

Dritter Versuch, dachte ich. »Weißt du, ich habe mir überlegt ...«

»Ich muss noch einkaufen«, stöhnte er. »Ich muss doch wirklich alles allein machen!« Er trocknete seine Hände ab und fuhr sich dann durch das graue Haar.

Mein Mund öffnete sich, aber bevor ich etwas sagen konnte, hörte ich wieder die Stimme.

Lass es einfach. Diesen Kampf kannst du nicht gewinnen. Halt lieber den Mund. Du machst es sonst nur schlimmer, und dann bist du schuld, wenn der Haussegen schief hängt.

Ich nickte innerlich und wollte gerade gehen, aber dann ... dann hörte ich es: ein ganz leises Geräusch. Als ob jemand einen Finger auf die Lippen legte und leise *Psst* machte. *Psssst. Pssssst ...*

Es war nicht meine bekannte, zuckrig klebrige Stimme in mir. Ich drehte mich um. Aber niemand war in der Küche außer mir und meinem Vater. Ich schaute noch in den Flur hinaus. Aber wir waren wirklich allein. Dann hörte ich es wieder. *Psssst.* Es klang, als wäre es ganz nah an meinem Ohr. Als stünde jemand hinter mir. Ich drehte mich erneut um, aber da war nichts.

»Hörst du das?«, fragte ich.

Mein Vater sah zum ersten Mal auf und lächelte. Es war ein Lächeln, das nicht seine Augen erreichte, sondern nur sein Gesicht verzerrte. »Ich höre nur einen Haufen Arbeit, der nach mir ruft.«

Ich verdrehte die Augen. Mein Vater sah nur das, was nicht erledigt wurde.

Wieder hörte ich das leise *Pssst.* Woher kam es? War es das Surren des Kühlschranks? Oder die Heizung? Konnte das sein? Ich ging zu den beiden vermeintlichen Verursachern und horchte. Aber die Heizung war aus und gab kein Geräusch von sich. Der Kühlschrank schnurrte wie eine Katze vor sich hin. Auch er war nicht für dieses *Pssst* verantwortlich.

»Sieh dir das an«, sagte mein Vater mit einem Lächeln, das ebenso echt war wie Margarine echte Butter war. »Kochen ist wirklich eine Traumarbeit.« Der Sarkasmus, den er an den Tag legte, troff aus jeder Silbe.

»Du musst das doch nicht tun«, sagte ich.

Meine Stimme war leise, und trotzdem kam sie mir hoch und brüchig vor. Um meine Unsicherheit zu verstecken, legte ich das Geschirrtuch sorgfältig über den Griff des Backofens.

»Das verstehst du eh nicht. Außerdem: Wer sollte es sonst tun?«, blaffte er. »Du?«

»Franz hat das doch auch gemacht«, sagte ich.

»Ist auch egal jetzt«, fuhr er mich an. Was er allerdings meinte, war: »Sprich nicht von deinem Bruder.« Sein Gesicht verfinsterte sich. Seine Augen waren zugekniffen, seine buschigen Brauen zusammengezogen, seine Lippen nur noch ein dünner Strich. Eine Ader an seiner Stirn stand leicht hervor und pulsierte.

Du weißt es doch besser, Hedwig. In diesem Haus spricht man nicht über Franz.

»Entschuldige«, antwortete ich fast tonlos und wusste nicht, ob ich mich bei meinem Vater oder der Stimme in meinem Kopf entschuldigte.

»Wie du meinst, egal«, sagte er nur und setzte seine Klagen fort: »Alles muss ich allein tun!« Dann sah er mich eindringlich an. »Aber schön, wie du deine freie Zeit hier nutzt und dich durchfüttern lässt.«

Ich verließ mit schnellen Schritten die Küche. Ich fühlte, dass mein Körper einige Millimeter an Größe verloren hatte.

Darüber hatte ich ja mit dir reden wollen, dachte ich, sprach es aber nicht aus. Mit meinen sechsundzwanzig Jahren hatte ich mir natürlich etwas Zeit gelassen, aber ich wollte einfach sicher sein. Mit achtzehn Jahren hatte ich die Matura erhalten, und danach lag ich nicht etwa auf der faulen Haut, wie es mein Vater vermutete. Ich hatte Praktika gemacht und kleinere Jobs ausprobiert. Meinen letzten Job, Büroarbeiten in einer kleinen Kunstgalerie, hatte ich schweren Herzens kündigen müssen, da sich meine Eltern mehr Unterstützung von mir erwarteten. Mein Vater wollte Hilfe im Haushalt, meine Mutter wollte mich als stille Gesellschafterin. Das Richtige war also nicht dabei. Aber mein größter Wunsch war mir schon früh klar gewesen: ein Kunststudium in Wien.

Leider war Wien an die fünf Stunden von uns entfernt. Sosehr ich Innsbruck liebte mit seiner romantischen Altstadt und den Bergen im Hintergrund, hätte ich aber in Wien viel mehr Möglichkeiten. Obwohl meine Eltern noch nie begeistert von der Idee waren, dass ich Künstlerin werden wollte, war es all die Jahre mein Traum geblieben. Und er gedieh jeden Tag ein bisschen mehr.

Ich hatte mich nur nicht getraut, ihn zu verwirklichen. Dafür hätte ich nach Wien ziehen müssen.

Dort wärst du ganz allein gewesen.
Und noch schlimmer, dachte ich. Ich hätte meine Eltern allein gelassen. Meine Mutter war zwar oft schwierig, aber ich wusste, dass sie sich davor fürchtete, einsam zu sein. Und mein Vater brauchte Hilfe mit ihr und dem Haus.
Ist das dein Problem?
Sie hatten sich so lange um mich gekümmert. Ich konnte nicht so undankbar sein und einfach gehen. Franz war ja schon weg. Isabel, meine kleine Schwester, konnte ich hier nicht allein lassen. Nur, damit ich woanders leben konnte.

Einmal hatte ich es versucht. Es war an einem Sonntag. Ich saß auf der Couch im Wohnzimmer und suchte über meinen Laptop eine Wohnung in Innsbruck. Mein Vater hatte nur gelacht, als er davon erfuhr: »Du könntest doch gar nicht allein leben. Wie stellst du dir das vor?«

Außerdem: Ich war ja schon zu viel weg, als ich noch in der Galerie gearbeitet hatte. Wie sollte es dann erst werden?

Ich stieg die Treppe zu den Schlafzimmern meiner Familie hoch. Heute erschien mir der Flur entsetzlich lang und trostlos. An der Wand hingen keine Familienfotos, sondern Ölgemälde von Landschaften. Auf der Kommode stand eine Vase mit Trockenblumen. Eigentlich mochte ich die Gemälde, aber heute kamen sie mir trist und düster vor. Ebenso die Blumen. Heute sah ich sie an und dachte, das Leben sei vollständig aus ihnen entwichen. Ein Lufthauch, und sie würden zu Staub zerfallen. Schnell ging ich weiter, denn der Gedanke betrübte mich.

Mein Zimmer lag neben dem meines Bruders Franz. Er war vor Jahren ausgezogen, versprach aber, dass er bald wieder heimkommen würde. Keiner von uns betrat jemals sein

Zimmer. Wenn er wiederkam, würde alles so sein, als wäre er nie weg gewesen. Auf der anderen Seite meines Zimmers lag das meiner Schwester Isabel.

Sie hat die besseren Anlagen geerbt. Ihr Haar ist viel fülliger und perfekt gelockt. Deines hängt nur kraftlos herab.

Ich strich meine dünnen Haare, die ich zu einem Zopf geflochten hatte, über die Schultern nach vorn und drehte Strähnchen.

Isabel ist auch die Mutigere von euch. Sie kommt aus sich heraus und steht gern im Mittelpunkt.

Das stimmte. Es war nicht so, dass es nur um sie gehen sollte, aber sie mochte es, gesehen zu werden. Ich hingegen lebte in mir zurückgezogen.

Ich drehte mich zur Tür am Ende des Flures. Dahinter lag das Zimmer meiner Mutter Margarethe, Gretel wie sie von allen genannt wurde. Ich wollte mit ihr reden, um ihr von meiner Unizulassung zu erzählen. Vielleicht hatte sie heute einen guten Tag und würde stolz auf mich sein. Ich klopfte leise an. So, dass ich sie nicht wecken würde, falls sie schlief, aber es hören könnte, wenn sie wach wäre.

»Was?«, dröhnte es zu mir hinaus. Ich musste schlucken. Das klang nicht nach einem guten Tag.

»Hörst du nicht, dass ich schlafe?«, schrie sie aus dem Zimmer heraus.

Sie will dir auch nicht zuhören. Sieh es doch endlich ein. Deine Eltern scheren sich nicht um dich. Du bist nicht wichtig.

»Entschuldige, Mama«, flüsterte ich und ging.

Sie erinnerte mich immer mehr an meine Großmutter, die bis zu ihrem Tod im Haus nebenan gewohnt hatte. Sie war eine sehr harte Frau gewesen. Viele Kinder aus der Nachbarschaft fürchteten sich vor ihr. Je älter ich wurde, umso mehr fürchtete auch ich mich. Egal wann ich nach Hause kam, ging der Vorhang am Fenster beiseite, sie lauerte dort und beobachtete mich. Als sie schließlich starb, blieb der Vorhang an seinem Platz. Nur manchmal, wenn ein Luftzug ihn bewegte, dachte ich noch nach vielen Jahren, dass sie dort stünde, um mein Heimkommen zu beschatten. Mehr Kontakt gab es nicht. Weder besuchten noch redete meine Familie und sie je miteinander. Ihr Haus wurde schließlich verkauft. Die neuen Nachbarn kannte ich bis heute nicht.

Wieder hörte ich das Geräusch von vorhin. *Psssst. Pssssst. Psssssst.*

Ich schüttelte den Kopf über mich. Ich fühlte mich albern, weil ich hoffte, dass meine Eltern mir ihre Aufmerksamkeit schenken würden. Ich fühlte mich wie ein kleines Mädchen mit einem Schulranzen, der viel zu groß für den kleinen Körper ist. Wo ist der Vater, der das Mädchen von der Bushaltestelle abholt und ihm den Schulranzen abnimmt? Um dann Hand in Hand das Kind nach Hause zu bringen. Wo ist die Mutter, die das Mädchen zu Hause in Empfang nimmt und ihm das Mittagessen serviert? Wo sind die Eltern, die mit dem Mädchen spielen?

Ich rieb meine Augen, um das Brennen darin zu vertreiben.

Daran solltest du mittlerweile gewöhnt sein.

Natürlich sollte ich das. Aber wie eine zähe Spinne, die ihr Netz immer wieder aufs Neue in der gleichen Ecke spann, blieb in mir die Hoffnung zurück.

Ich eilte in mein Schlafzimmer und schloss gähnend die Tür. In letzter Zeit war ich immer müde. Die Wärme und Helligkeit, die von meinen hellbraunen Birkenholzmöbeln ausging, umfingen mich wie eine warme Decke. Sie tat mir gut. Die Deckenlampe tauchte alles in einen goldenen Schein. Die blauen Wände schluckten zwar die Farben des Lichts, aber sie gaben dem Zimmer eine wundervolle und anheimelnde Atmosphäre. Meine Grünpflanzen – drei buschige, saftig grüne Birkenfeigen, eine große Monstera in voller Pracht, ein üppiges Einblatt, ein paar Goldfruchtpalmen, Streifenfarne, Efeupflanzen und zwei Bambusse – hießen mich willkommen. Sie waren überall in meinem Zimmer: in den Regalen über meinem Schreibtisch und über meinem Bett, auf meinem Nachtschränkchen. Mein Zimmer war ein kleiner Urwald von luftreinigendem Grün. Ich setzte mich in die Ecke meiner Couch, nahm eines der vielen großen Kissen in die Arme und drückte es fest an mich. Manchmal wünschte ich mir, dass mich jemand so in die Arme schlösse.

Ich verlor mich in den Bildern meiner blau-orange-gelb gemusterten Couch. Ich erkannte in regelmäßigen Abständen eine fratzenartige Maske in Form eines Dreiecks im Stoff. Ihr Kinn war stark ausgeprägt. Sie hatte einen großen Fleck auf der Wange, als ob sie errötet wäre. Es gab eine Figur, die aussah wie eine Steinstatue der Osterinsel. Daneben befand sich ein roter Schemen, der wie ein Mörder mit einem großen Messer auf seine Chance wartete zuzustechen. Es gab aber auch Lilien, die auf der Couch erblühten.

Einer inneren Eingebung folgend schlich ich wieder in die Küche und spähte hinein. Mein Vater war nicht da. Ich stellte den Wasserkocher an und holte einen Beutel Früchtetee aus dem Schrank. Mit dem kochenden Wasser füllte ich meine blaue Tasse mit den goldenen Sternen und rührte noch einen Löffel Zucker hinein. Die Müdigkeit, die ich fühlte, löste sich wie der Zucker im Tee auf. Ich hatte noch Lust zu zeichnen. Ich spürte sie ganz deutlich: ein Jucken in den Fingerspitzen. Ich nahm den Tee und ging in mein Zimmer zurück. Mit einem Zeichenblock und meinem Metalletui voller Faber-Castell-Bleistifte setzte ich mich auf die Couch. Ich nahm einen Bleistift mit dem Härtegrad 8B aus dem Etui. Es war der kürzeste von allen. Ich setzte ihn an, und er ließ sich weich über das Papier führen. Ich wusste, dass diese Härte nicht zum Skizzieren gedacht war, aber ich liebte das Gefühl, mit weichem Grafit zu zeichnen. Ein weiterer Vorteil an diesem Härtegrad war, dass die Farbe um ein Vielfaches dunkler war. Ich skizzierte die verschiedenen Figuren, die ich auf meiner Couch erkannt hatte, und präzisierte dann ihre Formen und Schatten.

Irgendwann hörte ich das Gurgeln der Heizung neben mir. Das Geräusch gab mir das Gefühl, nicht allein zu sein.

Ich gähnte und sah auf die Uhr. Ein paar Stunden waren vergangen. Ich sah mir meine Werke an und war zufrieden. *Bist du wirklich zufrieden?*

Ja, mit meiner Zeichnung. Aber trotzdem fühlte ich weiterhin eine Traurigkeit in mir, denn ich konnte meine Freude über die Zulassung weder mit meinen Eltern noch mit Franz teilen.

Du hast doch gewusst, dass sie dir nicht zuhören werden. Natürlich findest du immer eine Entschuldigung für sie. Es war einfach der falsche Zeitpunkt. Sie hatten einen schlechten Tag. Aber denk mal nach. So oft, wie es bis jetzt vorkam, muss es an dir liegen.

Ja, ich wählte immer den falschen Zeitpunkt. Dabei hatte ich mich so gefreut, ihnen von meiner Zulassung zu erzählen. *Warum hast du es Isabel noch nicht erzählt?*

Gute Frage. Sie würde sagen: »Siehst du? Hab ich doch gleich gesagt.« Natürlich würde sie sich für mich freuen. Und möglicherweise war das das Problem. War es für mich selbstverständlich geworden, dass sie da war und sich für mich freute?

Komisch, dachte ich. Normalerweise fühlte ich mich immer besser, nachdem ich gezeichnet hatte. Jetzt aber hatte sich nichts geändert.

Ich war so unendlich traurig. Wie eine schwere Röntgenschutzschürze zog die Traurigkeit meine Schultern nach unten, und ich hatte keine Kraft, dagegen anzugehen. Nach all den Jahren, in denen ich meine Eltern kannte – und wie ich meinte, auch beurteilen konnte –, traf mich ihre Lieblosigkeit immer noch wie ein Messer im Rücken.

Waren meine Eltern schon immer so gewesen? Oder waren sie so geworden?

Ich konnte mich nicht recht daran erinnern.

Warum ist es dir nur so wichtig, dass deine Eltern stolz auf dich sind?

Weil ich sie liebe und will, dass sie mich lieben, dachte ich. Ich hatte doch alles getan, was ich konnte! Ich hatte getan, was sie von mir verlangten. Ich hatte auf ein harmonisches Zusammensein geachtet, bin Streit stets aus dem Weg gegangen. Ich hatte alles getan, damit es meinen Eltern gut ging.

Aber sehen sie das? Sehen sie dich? Es sollte dir nicht wichtig sein. Du bist doch eine erwachsene Frau!

Warum fühlte ich mich trotzdem wie ein kleines Kind?

Als ich es schließlich nicht mehr ertrug, meinem Gedankenkarussell zu folgen, nahm ich meinen Zeichenblock und begann auf einem leeren Blatt eine neue Zeichnung.

22

Ich nahm einen Bleistift mit einem feinen Härtegrad und skizzierte. Dann kam mein Lieblingsbleistift, der mit der Stärke 8B, und füllte die Skizzen mit Schatten. Ich zeichnete einen kleinen Spatz, der auf einem Ast saß, mit einem Garten als Hintergrund. Als alles grob skizziert und die Schatten angedeutet waren, machte ich eine Pause. Ich stand von der Couch auf, lief im Zimmer herum und vertrat mir die Beine.

Als ich den Zeichenblock wieder zur Hand nahm, konnte ich meinen Augen nicht trauen. Ich rieb sie, ich schüttelte meinen Kopf – doch es änderte nichts. Das Bild sah ganz anders aus, als ich es erwartet hatte!

Der Spatz saß zwar noch auf seinem Ast, aber dieser war nun voller Dornen. Und ein besonders großer Dorn spießte den Vogel auf. Im Hintergrund war in der linken Ecke ein Teil eines Hauses, aus dessen Fenster eine alte schemenhafte Frauengestalt lugte und den Vorhang beiseitehielt. Sie schien den Spatz böse zu betrachten.

Hatte ich das wirklich gezeichnet? Einen sterbenden Sperling und den verurteilenden Blick der Alten? War der Spatz mein Traum vom Kunststudium? War mein Traum zum Scheitern verurteilt?? Sagte mir das der Blick der Alten? Hatte ich deshalb diese Szene skizziert?

Beinahe angewidert warf ich den Zeichenblock in die Ecke.

Meine Arme und Beine fühlten sich schwer an. Müdigkeit legte sich drückend wie eine Wolldecke auf mich. Draußen war es mittlerweile grau, und der Regen prasselte in einem gleichmäßigen Rhythmus gegen das Fenster. Meine Augenlider wurden schwer.

Als ich meine Augen öffnete, war es stockfinster. Nur die Lampe, die ich zum Zeichnen verwendete, und das kleine Nachtlicht leuchteten. Es war ein Stecker in der Steckdose, auf dem Sonne, Mond und Sterne zu sehen waren. Franz hatte mir das Licht geschenkt, kurz bevor er fortging. Und er käme ja bald wieder, hatte er versprochen.

Plötzlich begannen beide Lichter zu flackern und verloschen. Als die Helligkeit verschwunden war, blieb in meinem Zimmer Finsternis zurück. Nur die Umrisse meiner Möbel konnte ich erkennen. Da blitzten die Lichter wieder auf und flackerten erneut. Ich hatte das Gefühl, als ob ich mich vor etwas in Acht nehmen sollte. Als ob eine Gefahr in meinem Zimmer auf ihre Zeit warten würde. Die wenigen Farben, die ich sah, waren klarer. Die Umrisse aller Gegenstände waren definierter. Die Schatten an Wänden, Decke und Boden nahmen bedrohliche Formen und Größen an. Fast wie riesige Hände, die nach mir greifen wollten. Das war Unsinn, redete ich mir ein. Das konnte gar nicht passieren. Und trotzdem hatte ich das Gefühl, dass ich mich belügen würde. Ich stand auf, rannte zum Lichtschalter neben der Zimmertür und drückte ihn. Das Deckenlicht sprang an, und ich atmete durch. Im Hellen konnte einem ja nichts passieren.

Warum fühlst du dich trotzdem, als wärst du in Gefahr?
Ich holte mein Smartphone aus der Hosentasche und schrieb eine Nachricht an meinen Bruder. *Wann kommst du endlich heim?*

Rückblick

»Schau mal, was Mami dir mitgebracht hat«, sagte Gretel, als sie ihre zweijährige Tochter auf den Arm hob und dem Mädchen ein Kuscheltier zeigte. Sie hatte einen besonders teuren Steiff-Teddybären gekauft. Es war natürlich unnötig gewesen, aber die Freude auf dem Gesicht ihrer Tochter zu sehen, war es allemal wert. Und tatsächlich freute sich ihre kleine Hedwig, sie quietschte beinahe vor Vergnügen und streckte ihre Händchen nach dem Plüschtier aus. Als sie ihn dann in Händen hatte, gluckste und kicherte sie.

»Du bist bezaubernd«, sagte Gretel zu dem Mädchen und drückte es fest an sich. »Meine geliebte, eigene Tochter.«

Karl trat hinter die beiden und gab seiner Tochter einen kleinen Kuss auf den Schopf. Dann küsste er seine Frau und fragte, während er seinen Kopf an ihren lehnte: »Hattest du einen schönen Tag?«

»Er war wundervoll. Und deiner?«

»War schon in Ordnung. Aber jetzt bin ich froh, wieder hier zu sein und einen ruhigen Abend mit euch zu verbringen. Wo ist Franzl?«

»In seinem Zimmer. Er macht Hausaufgaben.«

»Gut«, sagte Karl. »Kümmerst du dich ums Abendessen?«

Gretel nickte. »Kannst du Hedwig nehmen?«

Karl nahm seiner Frau das Kind aus den Armen. »Na dann, Hederl.«

Nach dem Abendessen verbrachten sie den Abend noch gemeinsam im Wohnzimmer. Gretel saß auf der Couch. Mit einer Hand hielt sie ihr Buch und las, mit der anderen Hand kraulte sie Franz' Kopf, der in ihrem Schoß lag. Karl saß mit Hedwig auf einer Steppdecke am Boden und spielte mit ihr.

»Was liest du da, Mama?«, fragte Franz.

»*Die Dornenvögel.*«

»Was sind Dornenvögel?«

Gretel und Karl tauschten einen kurzen Blick aus. »Nun, Franzl«, sagte Gretel und gab ihrem Sohn einen kleinen Kuss auf den Schopf, »die gibt es nicht wirklich, sondern nur in diesem Buch hier. Das sind Vögel, die nur einmal im Leben singen. Sie verlassen ihr Nest, suchen sich einen Dornenbaum und singen ihr schönstes Lied.«

»Und dann?«

»Dann sterben sie.«

»Warum?«

»Damit sie so schön singen können, müssen sie ihr Leben opfern.«

~~~

Nach dem Vorfall mit dem flackernden Licht wollte ich nicht allein bleiben. Ich hatte ja vorhin meine Mutter besuchen wollen ... Jetzt könnte sie wieder wach sein, dachte ich und ging zu ihrem Schlafzimmer. Ich klopfte leise an und öffnete die Tür einen Spaltbreit, um hineinzuspähen.

Sie war wach. Der Fernseher lief. Allerdings war er stumm geschaltet. Mutter sah auch nicht auf das Treiben auf dem Bildschirm, sondern in den Spiegel des Schminktisches daneben. Mit den Händen zog sie die Haut ihres Gesichts auseinander, sodass die Falten, wenn schon nicht verschwanden, sich wenigstens glätten würden. Dann strich sie ihre Haare nach hinten und begutachtete ihren grauen Haaransatz, der bei ihren butterblonden Haaren nicht auffiel. Ich war überrascht, dass sie nach all den Jahren, in denen sie ihre Augen durch die tägliche und auch nächtliche Näharbeit an der Nähmaschine überanstrengt hatte, immer noch erstaunlich gut sah.

Während sie ihren scheinbaren Zerfall begutachtete, der für sie viel deutlicher zu sehen war als für alle anderen, schien sie etwas zu murmeln. Für mich klang es nach »Spieglein, Spieglein«, aber das konnte nicht sein. Oder doch? Zumindest war ich mir sicher, dass sie mein Klopfen und Hereinkommen nicht gehört hatte. Deshalb zog ich die Tür wieder zu und pochte dieses Mal lauter gegen das Holz, ehe ich wieder ins Zimmer trat.

Meine Mutter sah zu mir auf und beäugte mich. Nein, nicht mich, dachte ich, meinen Körper. Ich war gefasst auf das, was jetzt kam, und wappnete mich.

»Hast du zugenommen, Liebling? Du siehst pummeliger aus. In deinem Alter war ich dünner als du«, sagte sie beiläufig.

Da war es. Aber ich ging nicht darauf ein. Stattdessen fragte ich: »Was würdest du sagen, wenn die Kunstakademie mich angenommen hätte?«

Mein Körper war gespannt, wie der Hahn eines Revolvers. Ein bestätigendes »Das wäre ja wundervoll« von meiner Mutter würde den Abzug drücken, und meine Freude würde wie ein Schuss losgehen.

»Als ob die dich nehmen würden.«

Autsch. Das war ein Volltreffer. Aber nicht so einer, wie ich ihn mir gewünscht hatte. In diesem Augenblick war ich froh, dass ich meiner Mutter nicht diese Frage gestellt hatte, bevor der Zulassungsbrief gekommen war.

»Nehmen wir es doch einfach mal an.«

»Bilde dir doch nichts ein. Die nehmen dich nicht. Außerdem: Willst du mich jetzt auch allein lassen?«

Auch allein lassen. Wie Franz. Der in Ungnade gefallene Sohn, über den niemand in diesem Haus sprach.

»Du musst doch zu Hause bleiben und dich um uns kümmern. Um mich und deinen Vater. Was täten wir nur ohne dich, Liebling? Wer bringt mir denn sonst mein Essen? Du willst doch nicht, dass dein armer, alter Vater sich die Treppe hochquälen muss, oder?«

Hörst du?, fragte die zuckrig-klebrige Stimme in meinem Kopf. *Du musst für sie da sein. Du musst dich um sie kümmern. Sonst bist du nutzlos. Und dann lieben sie dich nicht.*

Nein, widersprach ich in Gedanken. Sie sind meine Eltern. Sie meinen es gut mit mir. Laut fragte ich dann: »Aber du willst doch sicher, dass ich mein eigenes Leben führe, oder?«

»Dass du immer so übertreiben musst.« Ein gurgelndes Lachen entstieg ihrer Kehle und schüttelte ihren Körper. Der Hohn troff aus ihrem Gelächter wie Talg aus Poren. Als es verklungen war und sie meine geröteten Augen sah, sagte sie nur: »Sei doch nicht immer so emotional.«

Rückblick

»Warum kommst du jetzt erst?«, blaffte Gretel ihren Mann an, kaum dass er durch die Haustür getreten war. Als Antwort bekam sie ein genervtes Stöhnen und Augenrollen von ihm, ehe er seinen Mantel und Hut an die Garderobe hängte.

»Ich musste länger arbeiten.«

»Warum sagst du nicht Bescheid?«

»Gretel«, sagte Karl mit aller Geduld, die er in diesem Moment aufbringen konnte. »Ich bin noch nicht mal richtig zu Hause angekommen. Hör auf mich auszufragen.«

»Ich will doch nur wissen ...«

»Nein«, fuhr Karl ihr dazwischen. Etwas lauter, als er beabsichtigt hatte. Ein schlechtes Gewissen hatte er schon. Er hatte seine Frau mit den Kindern warten lassen für seine Arbeitskollegin, mit der er noch in einer Bar gewesen war. Dort hatten sie sich geküsst. Einen wundervollen Moment wie diesen hatte er seit Ewigkeiten nicht mehr erlebt. Er fühlte sich seit Langem wieder richtig belebt und glücklich. Aber Gretel hatte es in zwei Minuten geschafft, alles zu zerstören.

»Du brauchst gar nicht so zu schreien«, fuhr sie ihn an. »Du hättest doch nur etwas sagen sollen. Ich hatte dich doch angerufen.«

»Ja, zwanzig Mal. Wie soll ich da arbeiten?«

Das Ehepaar zankte so sehr, dass sie nicht bemerkten, wie ihr Sohn sie von der Küchentür aus beobachtete. Dann huschte er ins Wohnzimmer, in dem seine kleine Schwester auf dem Teppich lag und mit Buntstiften zeichnete. Die Stimmen im Flur wurden lauter, und Hedwig erschrak. Franz setzte sich neben sie und tippte auf das Papier.

»Was malst du da?«

Hedwig wandte sich ihm zu. »Das da sind Mama und Papa, und das da sind du und ich.«

Franz erkannte die Familienidylle, die Hedwig gemalt hatte. Vier Strichmännchen, zwei große und zwei kleine, daneben ein Haus und eine Sonne am Himmel.

Dann polterte es. Die Eltern trampelten während ihres Streits die Treppe hinauf. Franz meinte zu hören, wie seine

Mutter eine Tür zuschlug und sein Vater dagegenhämmerte und gegen das Holz anschrie.

Hedwig klammerte sich ängstlich an ihren Bruder, der seine Arme um sie schlang.

»Komm, Hedwig, wir gehen im Garten spielen«, sagte Franz, nahm seine Schwester an die Hand und ging mit ihr nach draußen.

~~~

Ein Spuk kündigt sich an

Der Tisch war sorgfältig gedeckt. Eine gestärkte weiße Leinendecke war über dem Tisch ausgebreitet, darüber verlief ein kornblumenblauer Läufer. Darauf standen in regelmäßigen Abständen Kerzen und in der Mitte eine dunkelblaue Vase gefüllt mit Schleierkraut, Kornblumen und gelben Rosen, daneben ein Marmorgugelhupf. Der Tisch war für acht Personen gedeckt. Die Kuchenteller und die Servietten waren an der Grundlinie, die Kuchengabeln und die Kaffeetassen an der Kopflinie exakt ausgerichtet. Die Kaffeelöffel lagen auf den Untertassen mit dem Griff nach rechts unten. Gedeckt wurde mit dem blauen Meißener-Porzellan-Kaffeeservice.

Gretel hatte sich Mühe gegeben, und nun betrachtete sie stolz ihr Werk. Sie war pünktlich fertig geworden. Jede Minute müssten ihre Gäste kommen.

Schon klingelte es an der Haustür. Gretel öffnete und begrüßte ihre Eltern sowie ihre Schwester Angelika und ihren Bruder Harald.

»Martin und Christiane konnten leider nicht mit«, sagte ihre Mutter. »Dein Bruder musste zu einem Notfall, und deine Schwester hat heute eine wichtige Besprechung in der Universität.«

»Ich verstehe«, sagte Gretel und zwang sich zu einem Lächeln. Ihre Mutter gab gerne mit ihren Kindern an. Vor allem auch vor Gretel. Der heilige Martin, Internist und Lebensretter. Die hochbegabte Ingenieurin Christiane, um die sich Universitäten reißen. Harald, der gerechte Richter. Angelika, die erfolgreiche und akkurate Steuerberaterin.

Ein Kniff in ihre Seite holte Gretel aus ihren Gedanken heraus. »Du bist dick geworden. Verzichte heute am besten auf dein Stück Kuchen und den Zucker im Kaffee, ja?«, schlug ihre Mutter vor.

Gretel nickte, bevor sie sagte: »Wenn es für euch in Ordnung ist, würde ich die Kinder mit an den Tisch setzen.«

»Wenn sie sich benehmen«, gab ihre Mutter zurück. »Walter, komm«, forderte sie ihren Mann auf und ging zur Kaffeetafel.

»Ja, Karin«, sagte er mit seiner gewohnt leisen Stimme.

Gretel lächelte ihren Geschwistern zu und lud sie ein, Platz zu nehmen. Dann lief sie los, um ihren Mann und die Kinder zu holen. Als alle am Tisch saßen, ging Gretel reihum und schenkte jedem Kaffee ein. Die Kinder bekamen Orangensaft. Anschließend schnitt sie den Kuchen an.

»Kind, du machst das falsch«, sagte ihre Mutter, stand auf und nahm ihr das Messer aus der Hand. Als sie ein Stück abgeschnitten hatte, machte sie eine ungeduldige Handbewegung. Gretel reichte ihr einen Teller, und ihre Mutter legte das Kuchenstück darauf ab.

»Also, Franz«, begann Karin. »Wie läuft das Tennis? Trainierst du fleißig?«

Er nickte. »Ja, beim letzten Spiel habe ich den zweiten Platz gemacht.« Dann schob sich der dreizehnjährige Junge eine Gabel voll Kuchen in den Mund.

»Was? Nur den zweiten Platz?« Sie sah zu Gretel. »Du musst den Jungen besser fördern.« Gretel wollte gerade etwas erwidern, als ihre Mutter weitersprach: »Aber was hatte ich auch erwartet? Ein fauler Apfel verdirbt den ganzen Korb.«

»Meinst du mich mit dem faulen Apfel, Mutter?« Gretels Stimme klang selbst für ihre eigenen Ohren viel zu hoch.

»Ich bitte dich, Kind. Was regst du dich denn so auf? Aber ich frage mich schon, warum du nicht nach deinen Schwestern geraten bist.«

»Jetzt geht das wieder los.«

»Ich meine«, fuhr ihre Mutter fort, »schau dir nur mal Angelika an.«

Ganz bewusst sah Gretel zu ihrer Schwester. Diese hatte ihre Augen fest auf ihr Stück Kuchen gerichtet und spielte mit ihrer Gabel. Damit schob sie Krümel von links nach rechts. Als sie zu Harald sah, erwiderte er zwar ihren Blick, schwieg aber. Währenddessen machte ihre Mutter weiter mit der Lobhudelei über Angelika und zeigte im kleinsten Detail Gretels Fehler auf.

Nach zwei Stunden brachen ihre Gäste auf. Mit einem tiefen Seufzer schloss Gretel die Tür.

»Du musst lernen, dich gegen sie zu behaupten«, sagte Karl.

»Und wie soll ich das machen?«

»Steh vom Tisch auf und geh, wenn sie dich so behandelt.«

»Spar dir deine Ratschläge und hilf mir aufräumen.«

Gretel stapelte die Kuchenteller aufeinander, legte die Kuchengabeln und Kaffeelöffel darauf und trug alles in die Küche. Ihr Mann folgte ihr, und ehe er etwas sagen konnte, fing sie an zu schimpfen. Allerdings eher mit sich als mit ihm.

»Eine Tasse trägt er rein. Eine Tasse!«

Karl gab ein Geräusch von sich, das nach einem *Hmpf* klang, bevor er schließlich die Tasse auf die Anrichte knallte.

»Eine Tasse«, schimpfte Gretel weiter.

~~~

Sonntags machte ich mir morgens eine heiße Schokolade. Es war zu einem Lieblingsritual geworden. Ich kippte vier Esslöffel Kakaopulver in meine Tasse, schüttete Milch darauf und stellte sie für eine Minute in die Mikrowelle. Der süße Duft von Kakao, pudrigem Zucker und Vanille hing in der Luft.

Lächelnd nahm ich meine Tasse, rührte noch einige Mal um und ging damit in der Hand ins Wohnzimmer.

Die lindgrüne Tapete mit den rosa-grünen Blumenornamenten wollte nicht zu dem rot gestreiften Retrosofa passen, aber es störte mich nicht. Zumindest war es gemütlich, denn das Sofa war sehr weich. Ich kuschelte mich in eine Ecke und nahm einen Schluck von meinem Kakao.

»Hast du dir einen Kakao angerührt?«, hörte ich meinen Vater aus der angrenzenden Küche fragen. Er stand im Türrahmen schräg gegenüber vom Sofa.

Ich drehte mich zu ihm, um ihn zu fragen, was daran das Problem sei. Aber er war schon in der Küche verschwunden und murmelte etwas vor sich hin.

Ich öffnete trotzdem noch meinen Mund wie ein Fisch, ließ ihn auf- und zuschnappen, aber ich wusste nicht, was ich sagen sollte. Was hatte ich falsch gemacht?

Hast du den letzten Rest Kakaopulver genommen?

Vom Kakaopulver war noch genug in der Dose.

Hast du seine Milch aufgebraucht?

Es war noch genug Milch da gewesen, und eine ungeöffnete hatte ich im Kühlschrank auch gesehen. An den Lebensmitteln konnte es nicht liegen.

Hast du seine Tasse genommen?

Ich schaute auf die Tasse. Es war meine blaue mit den goldenen Sternen darauf. Ich hatte nicht seine Lieblingstasse genommen.

Eine Weile saß ich nur da und starrte an die Wand, bis mich plötzlich etwas aufschrecken ließ. Es war ein Gefühl, als würde jemand hinter einem stehen oder einen sehr lange anschauen. Man wusste, dass da jemand war. Dann hörte ich wieder das leise *Pssst* ... Aber ich war allein im Wohnzimmer.

Mein Kakao musste inzwischen kalt sein. Aber das machte nichts. Kalt schmeckte er immer noch. Ich griff nach der Tasse und zog meine Hand sofort mit einem Zischen zurück.

»Au!«, schrie ich auf. Meine Sternentasse war glühend heiß. Der Schmerz biss sich in meine Finger und ließ nur widerwillig los.

Ich pustete auf meine leicht verbrannten Fingerkuppen und sah meine Tasse an. Wie war das möglich? Wie konnte sich etwas ohne Energiezufuhr derart erhitzen?

Dann kippte die Tasse um, und der Kakao lief über das Tischchen auf den Boden. Ich reagierte nicht, sondern schaute nur zu, ohne zu verstehen, was gerade passierte.

Eine Luftblase, die sich im Kakao gebildet hatte, zerplatzte und ließ mich zusammenzucken. Ich musste schnell alles wegwischen, bevor mein Vater es sah. Nicht dass er sich aufregte. Ich konnte gerade wirklich keinen Streit ertragen.

35

Deshalb huschte ich in die Küche, schnappte mir so leise wie möglich ein Tuch und machte mich daran, das Parkett im Wohnzimmer und das kleine Tischchen zu säubern.

Mein Vater kam nicht ins Zimmer, er blieb im Türrahmen zur Küche stehen, sah zu mir und betrachtete den schokoladig-zuckrigen Unfall. »Gut gemacht«, sagte er und ging.

Am liebsten hätte ich ihm das vollgesogene Tuch hinterhergeworfen. Aber das würde nichts bringen außer mehr Ärger. Ich schluckte und wischte weiter auf.

Früher hatte sich Franz in solchen Situationen vor mich gestellt. Er hatte mich vor den Eltern verteidigt und getröstet. Wenn ich traurig war, hatte er mit mir gespielt. Von Mau-Mau und Watten über Schafkopf bis hin zum Würfeln und Schach. In Schach war ich damals recht passabel, auch wenn ich Franz nur schlagen konnte, wenn er das auch wollte. Und immer wieder ließ er mich gewinnen, damit ich die Lust nicht verlor.

Ich sah zu dem Schrank, in dem unsere Spiele verstaubten. Seit Franz weg war, spielten wir nicht mehr. Keiner in der Familie.

Am Fußboden klebte die Schokolade besonders hartnäckig fest. Auf Knien schrubbte ich vorsichtig – ich musste auf das Parkett achten – die letzten Flecken weg. Als endlich alles sauber war, lehnte ich mich mit dem Rücken ans Sofa und wischte mir mit der flachen Hand den Schweiß von der Stirn.

Erst jetzt fiel mir auf, dass der Kakao nicht mehr heiß gewesen war, sondern eine laue Zimmertemperatur angenommen hatte.

Ich war nie gut in Physik gewesen, aber ich war mir sicher, dass Wärme so nicht funktionierte. Ich runzelte die Stirn und presste die Lippen fest aufeinander.

»Was zum Teufel?«, dachte ich.

»Was ist denn los«, hörte ich die Stimme meiner Schwester Isabel, die in der Tür zum Wohnzimmer stand und sich offensichtlich über mich amüsierte.

Ich hatte gar nicht gemerkt, dass ich laut geschimpft hatte. »Ach nichts«, sagte ich und traute mich nicht, mich zu ihr umzudrehen. Sie wusste immer, wann ich log. Oder sollte ich es ihr doch sagen?

Nein, sie würde dich bestimmt für verrückt halten.

Also sagte ich: »Ich wollte Mama und Papa erzählen, dass ich zur Akademie zugelassen wurde.«

»Das ist großartig, Hedwig! Warum hast du nicht schon früher was gesagt? Wie haben die beiden auf die Nachricht reagiert?«

Ich senkte den Blick zu Boden. »Gar nicht. Ich habe es ihnen dann doch nicht erzählt.«

Isabel nickte nur. Sie wusste ja, wie unsere Eltern waren. »Aber hey«, sagte sie, zuckte mit den Schultern und strahlte mich an. »Du wirst auf die Akademie gehen.«

Ich schmunzelte, ehe ich wieder ernst wurde. »Und was machst du, wenn ich dann studiere?«

»Ich nehme, was kommt. Mach dir um mich keine Gedanken.«

Isabel, die Abenteurerin. Die wilde, schöne Isabel mit den dunklen Locken, die kaum zu zähmen waren, und den braunen Augen, die wie Kohle glühten. Wenn sie ein Tier wäre, dann wäre sie ein Otter. Ein verspieltes Wesen, das aber auch gut zubeißen konnte. Und du?

Ich dagegen wäre eine Schildkröte. Ich war gern in meinem Panzer. Beinahe musste ich lachen. Ich kannte mich mit Tieren nicht gut aus. Aber so weit, dachte ich, stimmte die Einschätzung von uns beiden.

Mein Vater arbeitete in der Küche. Früher war er Lektor in einem Verlag für Sachbücher gewesen. Zuerst für Reiseführer, später dann für Kochbücher. Seit ein paar Jahren verfasste er selbst Kochbücher und Ernährungsratgeber, obwohl er es hasste zu kochen. Er kümmerte sich um unsere Mahlzeiten, weil seine Frau es nicht tat. Aber er schimpfte ständig. Nicht direkt, sondern immer versteckt hinter Ironie, Sarkasmus oder passiv-aggressivem Verhalten. Nicht nur, dass er den Abwasch nicht leiden konnte und er dann die Küche machen musste. Er mochte das Kochen an sich nicht. Er hasste es, sich die Hände dreckig zu machen. Theoretisch war alles, was er schrieb, richtig und gut, aber praktisch hatte er es nie ausprobiert.

Nun saß er am Küchentisch, auf einem von fünf gepolsterten Holzstühlen, und tippte etwas in seinen Laptop. Durch die Fenster floss Licht über die hellen Fliesen. Ich stand in der Küchentür, und meine Finger krallten sich in den Türstock. Ich konnte das kalte, lackierte Holz an den Fingerkuppen spüren. Mein Vater hatte mich noch nicht bemerkt. Unschlüssig, ob ich noch einmal versuchen sollte, mit ihm zu reden, stand ich nur starr und stumm in der Tür. Ich öffnete den Mund, und sosehr ich es auch versuchte, es kam kein Ton heraus. Stattdessen sah ich mir die dunkle Holzkücheneinrichtung an.

Ein Geruch kitzelte in meiner Nase, und ich rümpfte sie. Er kam vom kalten Leberkäse, den mein Vater so gerne aß. Bei mir löste er allerdings nur Brechreiz aus.

»Willst du auch?«, fragte mein Vater und hielt mir eine Scheibe Brot mit einem Stück Leberkäse hin.

»Nein, danke. Ich wollte nur eine Tasse Tee.« Ich öffnete den Schrank und suchte nach meiner Sternentasse. Sie war nicht da. Ich sah in der Spüle nach und in der Spülmaschine, aber auch dort war sie nicht zu finden. »Hast du meine Sternentasse gesehen?«

»Gestern hattest du sie im Wohnzimmer.«

»Ja, aber ich hatte sie dann in die Spülmaschine gestellt. Und da ist sie nicht mehr. Hast du sie wirklich nicht gesehen?«

»Nein«, sagte mein Vater mit vollem Mund. Ein paar Brotkrümel hatten sich in seinem Bart verfangen. »Pass halt auf, wo du dein Zeug hintust.«

»Aber ich hatte sie sicher hier.«

»Offensichtlich nicht«, entgegnete er. Als er meinen Gesichtsausdruck sah, lachte er. »War doch nur ein Spaß.« Er stand auf und ging zum Schrank mit den Tassen. Er sah hinein. Ein beherzter Griff und zum Vorschein kam meine Sternentasse. »Da.«

Fassungslos starrte ich ihn und die Tasse an. »Aber wie?«

»Hmpf«, machte er. »Ach, holst du mir eine Flasche Rotwein aus dem Keller?«

Ich zuckte zusammen. »Keller? Haben wir keinen mehr in der Speisekammer?«

»Nein.«

Ich warf einen ängstlichen Blick zur Kellertür. Der Keller war der einzige Ort im Haus, den ich mied. Mit steifen Gliedern drehte ich mich zur Kellertür und fasste mit zitternden Fingern nach der Klinke. Ich drückte sie herunter und zog an der Tür. Aber ich bekam sie nicht auf. Ich zog fester. Ich drückte. Ich zog. Aber außer einem Quietschen passierte nichts.

»Papa, ich krieg die Tür nicht auf.«

»Das ist jetzt nicht dein Ernst? Muss ich nun wirklich aufstehen?« Mit einem Seufzer erhob sich mein Vater und kam zur Tür. Auch er zog und rüttelte an der Tür. »Hm ... die Tür klemmt sicher ... Ich kümmere mich nachher darum. Ich muss noch ein Kapitel fertig schreiben. Du kannst gehen.«

Rückblick

Karl saß mit der kleinen Hedwig auf dem Schoß auf der Couch. Mit seiner linken Hand hielt er ihren kleinen Körper, mit der rechten Hand das Bilderbuch. Mit ihren Händchen tatschte Hedwig auf die Bilder oder zog an Karls langen Haaren. Dann lachte er und strich sich seine Haare hinter die Ohren.

»Na, na, Hederl«, sagte er hin und wieder und stupste sie auf die Nase, was ihr ein fröhliches Gluckern entlockte.

»Karl, ich brauch deinen Wagen«, sagte Gretel. »Ich muss einkaufen.«

Karl nickte, dann sah er seinen Sohn an. »Franzl, die Autoschlüssel sind in meiner Manteltasche. Holst du sie bitte für deine Mutter?«

Franz, ein heiterer Junge von elf Jahren mit einem goldenen Lockenschopf, sprang auf und lief zur Garderobe im Flur, an der der Mantel seines Vaters hing. Er griff in eine Manteltasche, die leer war, dann in die andere. Dort wurde er fündig. Er fand die Schlüssel und einen gefalteten Brief. Er war von einer Hanna.

Dann riss ihm sein Vater das Papier aus der Hand.

»Papa, wer ist ...?«

Zuerst wirkte der Vater wütend, dann aber setzte er ein sanftes Lächeln auf, als er Franz unterbrach: »Niemand, Franzl.« Dann ging er in die Hocke, damit er auf gleicher Augenhöhe mit seinem Sohn war. »Aber deiner Mutter verraten wir nichts davon, ja? Das ist unser kleines Geheimnis.« Verschwörerisch zwinkerte er Franz zu. Karl nahm die Schlüssel und brachte sie seiner Frau. Dann kümmerte er sich wieder um die kleine Hedwig.

~~~

Ich ging zurück ins Wohnzimmer zum Schrank, der mit vielen verschiedenen Sachen bestückt war, um mich abzulenken. Bei den alten Videokassetten und DVDs war nichts Interessantes dabei. Daneben standen ein paar Bücher: Reiseführer zu Orten, die keiner aus unserer Familie jemals besucht hatte, und Kochbücher, aus denen noch niemals ein Gericht zubereitet worden war. Es gab nur einen einzigen Roman: *Die Dornenvögel.*

Als ich noch ein Kind war, erinnerte ich mich, gab es noch ein Buch, dessen Titel mir allerdings entfallen war. Jemand hatte meine Mutter beleidigt, indem er sie mit einer der Figuren verglich. Meine Mutter war daraufhin so wütend geworden, dass sie das Buch zuklebte. Seite für Seite, sodass man es nicht mehr öffnen konnte.

Jetzt legte ich *Die Dornenvögel* auf den Tisch und sah an die Wand. Mein Blick blieb an der lindgrünen Tapete hängen. Ich betrachtete die rosafarbenen Blüten darauf, aus deren Blütenblättern dunkel- und hellgrüne Blätter sprossen. Es gab große Blüten und kleine. Sie waren in einem Zickzackmuster angeordnet. Alles an der Tapete war kontrolliert und ruhig. Alles hatte seine Ordnung, und jede Blüte hatte dort ihren festen Platz, um sich zu entfalten. Und nichts und niemand störte sie dabei.

Aber halt – was war das da?

Ich stand auf und ging zur gegenüberliegenden Wand. Von der rechten oberen Ecke bis in etwa zur Mitte der Wand schien eine Art dunkler Riss hinter der Tapete zu verlaufen, wie ein Fluss mit verzweigten Armen auf einer Landkarte. Die Tapete selbst war unbeschädigt. Ich legte meine Hand auf die Stelle, an welcher der Riss am kräftigsten durchschien. Es war weder feucht noch unnormal temperiert, aber es fühlte sich trotzdem fürchterlich, es fühlte sich falsch an.

Ich folgte dem Riss, auch wenn es keiner war, und lief an der Wand entlang. Zufällig fiel mein Blick auf den Tisch. Das Buch, das ich darauf abgelegt hatte, war fort.

Im Nachhinein hätte es mich mehr besorgen sollen.

Rückblick

»Da stieß das böse Weib einen Fluch aus, und ward ihr so angst, so angst, daß sie sich nicht zu lassen wußte. Sie wollte zuerst gar nicht auf die Hochzeit kommen, doch ließ es ihr keine Ruhe, sie mußte fort und die junge Königin sehen«, las Gretel ihrer Tochter vor, die schon eingeschlafen war. Noch während sie vorlas, streichelte sie Hedwig über die Haare.

»Schon wieder Schneewittchen«, bemerkte Karl lächelnd, der in der Kinderzimmertür lehnte. Er hatte seine Frau und seine Tochter schon eine Weile beobachtet. Er wusste, wie sehr sich Gretel eine Tochter gewünscht hatte. Nicht dass sie ihren Sohn nicht liebte, aber sie wollte unbedingt ein

Mädchen. Sechs Jahre hatten sie es versucht. Nach ein paar Jahren, in denen sie nicht schwanger wurde, und zwei Fehlgeburten kam endlich die kleine Hedwig. Genauso wie Gretel sie sich gewünscht hatte: gesund, munter und mit rehbraunen Augen.

»Meine liebste Tochter wünscht es sich eben«, sagte Gretel, schloss das Buch und legte es auf den kleinen Nachttisch. Sie gab Hedwig noch einen Kuss auf die Stirn. Dann knipste sie die kleine Lampe aus und verließ das Zimmer, nachdem sie Karl von der Tür weggescheucht hatte. Die Tür lehnte sie nur an.

»Die Königin erinnert mich immer an dich«, sagte Karl.

Gretel erwiderte nichts, sondern nickte nur. Die böse Königin erinnerte ihn also an sie. Das war ein Stich. Denn sie liebte ihre Tochter. Ihre Mutter meinte immer, sie würde Hedwig zu sehr verwöhnen, ihr zu viele teure Kleider kaufen. Aber sie war auch streng mit ihrer Kleinen, was ihre Mutter allerdings nicht mitbekam. Wenn Gretel das Mädchen ohne Abendessen ins Bett schickte, meinte sie es doch nur gut, sonst würde Hedwig zu dick werden und nicht mehr in ihre hübschen Kleidchen passen. Sie sorgte sich um das Kind!

Einem inneren Drang folgend ging sie zurück ins Kinderzimmer und holte das Märchenbuch vom Nachttisch. Damit ging sie vorbei am Wohnzimmer, in dem Karl saß und fernsah, und ins Schlafzimmer. Aus ihrem Sekretär, der an der Wand neben dem Bett stand, holte sie einen Klebestift. Dann schlug sie das fast tausendseitige Buch auf und klebte alle Seiten einzeln zusammen.

Als sie bei dem Märchen von Schneewittchen ankam, hielt sie kurz inne und sah sich die Illustrationen der bösen

Königin an. Die erste Abbildung zeigte die Königin in all ihrer Pracht vor dem Zauberspiegel. Auf den anderen war sie als alte, in Lumpen gehüllte Vettel zu sehen, wie sie dem Schneewittchen die drei Gaben brachte, die fürsorglich gedacht, aber dennoch vergiftet waren. Einen Schnürriemen, damit das Schneewittchen eine gute Figur bekam und in der Gesellschaft machte, einen Kamm, um sein ebenholzschwarzes Haar zu pflegen, und einen Apfel, um es zu nähren. Aber die Liebe und Fürsorge der Königin schnürte dem Schneewittchen die Luft ab und blieb ihm im Halse stecken.

Gretel kannte die verschiedenen Interpretationen dieses Märchens gut, aber sie erkannte sich nicht darin. Sie kümmerte sich gut um ihre Kinder. Sie liebte sie und war nicht neidisch auf sie. Sie wollte nur das Beste für sie.

Sie warf einen letzten Blick auf die Illustration der alten Vettel mit dem Apfel in der Hand und klebte weiter jede Seite auf die nächste und schließlich auch die erste und letzte Seite an den Buchdeckel.

~~~

Der Blick in den Spiegel

Unter Geschrei und Gezeter zerrte Gretel ihre sechsjährige Tochter zur Kellertür.

»Mami, nein«, heulte Hedwig, doch ihre Mutter hörte nicht auf. Ihr Griff um das schmale Handgelenk ihres kleinen Mädchens wurde fester. Es zeichneten sich schon die Handabdrücke ab.

»Ich nähe dir die schönsten Kleider«, schrie Gretel. »Tagelang sitze ich an dieser verfluchten Nähmaschine, um dir aus teuren Stoffen feine Anziehsachen zu nähen, und du trittst das alles mit Füßen!«

»Nein, Mami ... ich ... ich ...«, stotterte das Mädchen.

»Sieh dir das an!«, schrie Gretel weiter. Kurz ließ sie das Mädchen los, um ein Kleid vom Küchentisch zu holen. »SIEH DIR DAS AN!« Sie hielt Hedwig den Stoff vors Gesicht. »Grasflecken, gerissene Nähte, Löcher! SIEH DIR DAS AN!«

»Wir ... haben ... gespielt.«

»Gespielt? Du hast in wenigen Minuten das zerstört, wofür ich drei Tage geschuftet habe! Wieso kannst du mich und meine Arbeit nicht respektieren? WARUM LIEBST DU MICH NICHT?«

Mit dem Kleid schlug sie auf das weinende Mädchen ein, dann packte sie das Kind und zog es die Treppe in den Keller hinunter.

»Hier bleibst du, bis du gelernt hast, harte Arbeit zu RESPEKTIEREN!« Gretel warf das Kleid vor ihr Kind. Dann stieg sie die Stufen zur Küche hoch und sperrte die Kellertür ab.

Hedwig war ebenfalls die Stufen hinaufgelaufen und hämmerte mit ihren kleinen Händen gegen die Tür. Sie schrie und weinte, doch niemand hörte sie. Der Vater war bei der Arbeit, der Bruder in der Schule, und ihre Mutter ignorierte sie.

Nachdem Hedwig die Kraft ausging, setzte sie sich auf die Stufen und lehnte sich an die Tür. Sie fühlte die Kälte, die von der Steintreppe ausging, und sie nahm den Modergeruch des Kellers wahr.

Es war so dunkel, dass sie nichts erkennen konnte. Nur unter dem Türspalt stahl sich etwas Licht hindurch, das zu dürftig war, um die Umgebung zu erhellen. Sie wusste bald nicht mehr, wie lange sie schon im Keller saß. Immer wieder rief sie nach ihrer Mutter: »Mami, ich hab Angst. Mami!« Aber ihre Mutter kam nicht.

Hedwig wurde immer banger. Sie hörte etwas, das wie ein Kratzen oder Scharren klang. Oder war es ein Klopfen? Aus der Dunkelheit und den unbekannten Geräuschen wuchsen Monster, die lauerten und darauf warteten anzugreifen. Sie meinte, einen Luftzug wahrzunehmen, als ob jemand oder etwas an ihr vorbeigehuscht wäre.

»Mami, es tut mir leid! Bitte verzeih mir! Mami, ich hab Angst! Mami! Bitte lass mich raus! Es tut mir leid! Ich mach es nie wieder! Ich verspreche es! MAMI!«

Aber niemand kam, und das Licht vom Türspalt verschwand.

Hedwig wusste, dass ihre Mutter niemals eine Kränkung vergaß und den Schuldigen lange leiden ließ. Aber die Zeit im Keller war ihr eine Lehre. Nie wieder wollte sie das erleben müssen. Nie wieder wollte sie ihre Mutter gegen sich aufbringen. Sie würde folgsam sein, lieb und brav.

~~~

»Was ist denn nur los mit dir?«, fragte mich Isabel, als sie mich in einem besonders zerstreuten Moment erlebt hatte. Ich war einfach in ihr Zimmer gerannt, weil ich geglaubt hatte, dass es mein Raum war. Meinen Fehler schien ich zuerst gar nicht zu bemerken, bis es mir nach und nach dämmerte. Isabel begleitete mich in mein eigenes Zimmer. Sie hatte mit mir gesprochen, aber ich hatte kein Wort wahrgenommen.

Erst als sie mich auf die Couch gesetzt hatte, ihre Hand auf meiner Schulter, ihr Blick, der meinen suchte, und ihre eindringliche Frage.

Ja, dachte ich, was war mit mir los? Ich sah sie an, als ob sie eine Antwort auf alles, also auch auf ihre eigene Frage gehabt hätte. Zusammengekauert saß ich da und zog die blaue Fleecedecke noch enger um mich. Obwohl es warm in meinem Zimmer war, überkam mich immer wieder eine Gänsehaut.

Was willst du jetzt sagen?, fragte mich meine innere Zuckerstimme hämisch. *Ich sehe Dinge, die nicht da sind. Ich höre Dinge, die nicht da sind. Etwas stimmt nicht mit mir. Dann kannst du dich gleich einweisen lassen.*

»Misst du dem Ganzen nicht zu viel Bedeutung bei?«, fragte Isabel mich. »Dass Mama und Papa so blöd reagierten, als du ihnen von der Zulassung erzählen wolltest?«

Meine Schwester sah mich lange an. Sie wartete auf eine Antwort von mir, doch ich hatte keine. Ich wusste selbst nicht, ob ich wegen meiner Eltern dieses Gefühl hatte, dass etwas um mich herum nicht stimmte.

Weil ich nichts sagte, meinte Isabel: »Du bist gestresst, das ist alles. Die Zulassung zum Studium macht dir Angst. Vielleicht bist du einfach nur erschöpft. Leg dich doch eine Weile hin und schlaf dich richtig aus.«

»Und wenn das nicht reicht?«

»Warte es doch erst einmal ab«, sagte sie und lächelte mich aufmunternd an. Als wäre sie die ältere Schwester, die sich wie eine Ersatzmutter um die kleinere sorgte.

Ich schluckte. Dann sah ich zur gegenüberliegenden Wand und starrte auf einen Fleck. Er sah aus, als ob jemand an der Stelle eine Reißzwecke eingestochen hatte. Von diesem Stichpunkt aus verteilten sich kleine Haarrisse über die ganze Wand.

»Ich sehe ... Risse in der Wand«, sagte ich. »Manchmal bewegen sie sich ...«

»Schlaf dich mal richtig aus. Geh ins Bett«, sagte Isabel, als ob sie mir meine Erschöpfung ansehen konnte. »Und wenn du ausgeschlafen bist und immer noch diese Risse siehst, dann schauen wir sie uns zusammen an.«

Ich nickte und legte mich so, wie ich war, ins Bett.

Ich musste sofort eingeschlafen sein und wachte erst am nächsten Tag gegen Mittag wieder auf.

Am Nachmittag saß ich an meinem Laptop und googelte nach verschiedenen Stichwörtern: Spuk, Geister, Erscheinungen, seltsame Geräusche. Das war natürlich eine gefährliche Sache. Googelt man Husten, kommt die Diagnose Krebs. Welche Krankheit würde man bei einem Menschen diagnostizieren, der Geister sah? Vermutlich Schizophrenie.

Es gab viel zu diesem Thema zu finden. Von Seelen Verstorbener, die noch nicht loslassen konnten oder noch etwas zu erledigen hatten. Von angeblichen Spukhäusern, die von ihren Bewohnern als unheimlich wahrgenommen wurden. Bis hin zu falsch verarbeiteten Reizen im Gehirn oder Umwelteindrücke, die unbemerkt auf uns einwirkten.

Ich überlegte, es mit Räuchern zu versuchen, und gab die entsprechenden Begriffe in die Suchmaschine ein. Den ersten Ergebnissen zufolge half es, böse Geister zu bannen, und reinigte das Zuhause. Was auch immer das heißen sollte. Auf einer Seite las ich, dass es nicht darum ginge, Geister aus unbelebten Dingen oder Häusern zu vertreiben, sondern die in der eigenen Seele auszumerzen. Räuchern löste das Problem nicht, es verdeckte es nur.

Ich sah mir die literarische Aufarbeitung des Themas an. Auf einem Block neben meinem Laptop schrieb ich eine Liste von Büchern und Filmen mit gutmütigen Geistern. So wie die Geschichte über den Dschinn aus *Tausendundeine Nacht*, der Wünsche erfüllt, Dickens' *A Christmas Carol* mit den Geistern, die Scrooge wieder auf den rechten Weg bringen sollten, oder auch der Film *Crimson Peak*, in dem die Protagonistin von Geistern Verstorbener gewarnt und gerettet wird.

Ein Geist ist ein Wunsch, der noch nicht erfüllt wurde.
Über diesen Satz war ich bei meinen Recherchen gestolpert. Und immer wieder blieb ich daran hängen.

Es war ein dummer Gedanke. Geister und Spuk existierten nicht. Das hieß, dass all diese Phänomene eine logische

Ursache haben mussten. Unsicher starrte ich auf den Bildschirm meines Laptops. Würde es mir gelingen herauszufinden, was der Grund für die unerklärlichen Ereignisse in diesem Haus war? Etwas in mir wollte es wissen. Und dann würde ich dem ganzen Spuk ein Ende bereiten.

Tee. Egal was war – erst einmal eine Tasse Tee. Mit diesem Gedanken ging ich den Flur entlang, als ich jemanden meinen Namen rufen hörte. Erst ganz sacht, dann lauter. *Hedwig, Heeedwiiig.*

Ich klopfte leise an die Tür meiner Mutter an, ehe ich ins Zimmer eintrat.

Ich sah sie im Bett sitzen und fragte: »Hast du nach mir gerufen?«

»Was redest du denn da?«, fragte meine Mutter, den Blick fest auf den Fernseher gerichtet.

»Dann muss ich mich verhört haben«, sagte ich.

Ich sah meine Mutter an. Sie war einmal sehr schön gewesen. Ich hatte Bilder von ihr als junge Frau gesehen. Schön war sie heute noch, auch wenn sie nun älter war. Sie hatte langes butterblondes Haar, das in sanften Wellen ihr Gesicht einrahmte. Ich liebte meine Mutter, aber so schön sie war, sie war auch unberechenbar. Ich wusste nie, ob sie abends die gleiche Stimmung hatte wie am Morgen.

»Was schaust du dir an?«

»*Sturm der Leidenschaft.*«

Ich setzte mich neben das Bett auf den Boden und schaute eine Weile mit. Aber ich schweifte ziemlich schnell mit meinen Gedanken ab und sah mich in Mutters Zimmer um.

Sie liebte Rot in allen Schattierungen. Deshalb war ihr Zimmer in dieser Farbe gehalten. Zum Abdunkeln des Tageslichts, das durch die Fenster fiel, waren purpurne Samtvorhänge aufgehängt. Das kirschfarbene Himmelbett, das sie so gut wie nie verließ, wurde von einem zinnoberroten Baldachin eingehüllt. Gegenüber dem Bett stand ein Schminktisch mit einem dreiteiligen Spiegel, daneben ein großer Fernseher. Die dunkelrote Tapete zierte ein Arabeskenmuster. Was auf den ersten Blick überladen wirken mochte, war ein harmonisches Ensemble. Selbst die orangebraunen Kirschholzmöbel wie der Kleiderschrank und der Schminktisch fügten sich in das Gesamtbild. Ein besonderes und exotisches Ambiente kam durch die Calla in kräftigem Blutrot, zwei Flamingoblumen in Karminrot und drei dunkelrote Orchideen. Ein kleiner schlichter Lüster erhellte den Raum.

Mein Blick blieb am Spiegel hängen. Ich konnte mich selbst darin sehen – eine junge Frau mit schüchternem Blick, die dunklen Haare in der Mitte gescheitelt und zu einem lockeren Pferdeschwanz gebunden. Sie strich die beiden Strähnen, die ihr Gesicht einrahmten, hinter die Ohren. Sie trug einen schlichten blauen Pullover und eine graue Jogginghose.

Erinnert dich das Bild nicht auch an ein schwächliches, verschrecktes Rehkitz, das sich auf seinen wackeligen Beinen zu halten versucht?

Meine innere Stimme hatte recht. Die junge Frau im Spiegel sah tatsächlich verschreckt aus, als ob sie draußen in der Wildnis nicht überleben könnte.

Was hast du vorzuweisen? Das bisschen Zeichnen? Bezahlt dir das dein Essen und deine Rechnungen?

Nein, dachte ich und sah weiterhin die junge Frau im Spiegel an. Sonst hatte sie nichts. Nur ein eingefallenes Gesicht. Vielleicht war mein Platz wirklich hier. Im Haus meiner Eltern.

Jemand musste sich schließlich um sie kümmern. Wenn ich hierblieb und mich wie eine fürsorgliche Tochter verhielt, dann würde ich geliebt und hätte meinen Platz in der Welt gefunden.

»Mama?«

»Was hast du denn jetzt schon wieder?«

»Was siehst du, wenn du mich ansiehst?«

Meine Mutter lachte und fing dann an zu husten. »Was stellst du denn für komische Fragen?« Sie zündete sich eine Zigarette an und nahm einen Zug. »Ich sehe meine Tochter. Ich meine – ich hatte es dir ja erst gesagt: Ich war in deinem Alter viel dünner. Ach ja, und dankbarer könntest du sein.«

»Bist du stolz auf mich?«

»Worauf denn? Du machst doch nichts.«

Ich sah wieder in den Spiegel.

Na?, fragte die Stimme in mir. *Hat sie recht? Gibt es wirklich nichts an dir, worauf sie stolz sein kann?*

Gegenfrage, dachte ich. Gibt es einen Grund, warum sie so lieblos mit mir umgeht? Habe ich etwas falsch gemacht? Womit könnte ich sie beleidigt, gekränkt oder enttäuscht haben? Was ist los, Stimme? Fällt dir darauf keine kluge Antwort ein? Kannst du nur spotten?

Meine Mutter sah zu mir hinunter. »Du bist viel zu emotional.«

»Ich sollte gehen.« In diesem Moment wusste ich es deutlich, so wie ich wusste, dass Gras grün war, dass weder meine innere Stimme noch meine Mutter eine Antwort für mich hatten.

»Ja, geh nur. Lass mich allein! So wie dein ... Ja, geh nur!«

Ohne ein weiteres Wort verließ ich ihr Zimmer, während das Salz meiner Tränen bereits in meinen Augen brannte.

Noch ehe ich die Haustür erreicht hatte, hielt mich Isabel auf. »Wo willst du hin?«, fragte sie.

»Ich halte es keine Sekunde länger hier aus«, sagte ich, während ich in der offenen Haustür stand.

Isabel zog mich zurück in den Flur. »Überleg es dir doch noch einmal.«

Ich schüttelte den Kopf, wobei ich meine Tränen zurückhielt. »Nein, da gibt es nichts zu überlegen. Ich mache den Eltern nur das Leben schwer. Ich kann nichts, ich bin nichts. Ich bin nur im Weg.«

»Na, na, na, schalt mal einen Gang zurück.«

Klack. Die Tür war ins Schloss gefallen. Dann noch ein Klack, als ob sich die Tür selbstständig verriegelt hätte.

Ich legte langsam meine Hand auf die Türklinke, doch die Tür ließ sich nicht öffnen. Immer schneller drückte ich die Klinke hinauf und hinunter und zerrte daran. Doch die Tür bewegte sich keinen Millimeter. Mein Atem schaffte es nur bis zu meinem Brustkorb hinab. Meine Rippen dehnten sich, die Anspannung in meinem Kopf wuchs. Die Baumwolle meines Shirts kratzte die Haut an meinem Hals. Mit meiner anderen Hand zog ich den Kragen herunter. Aber er war es nicht, der mir den Hals zuschnürte. Alle Muskeln, Sehnen und Bänder in meinem Hals waren plötzlich starr. Ich fürchtete, keinen Ton herauszubringen. Ich schlug gegen die Tür und wimmerte: »Ich will hier raus! Ich will einfach nur raus!«

Ich spürte Isabels Hand auf meinem Rücken. »Komisch«, sagte sie. »Die Tür ist doch sonst nie abgeschlossen.« Auch sie versuchte, sie zu öffnen, aber es gelang ihr ebenso wenig wie mir. »Diese verdammte Tür! Haben wir nicht noch einen Ersatzschlüssel? Hedwig!«

»Was?«

»Stell dich nicht so an. Der Ersatzschlüssel. In der Kommode«, sagte sie und schob mich von der Tür weg.

Ich stolperte zur Kommode und zog die oberste Schublade auf. Ich musste erst zwischen Krimskrams wühlen, aber dann ertastete ich etwas Hartes, Kaltes, Metallisches. Ich spürte die große, runde Reite, den rauen Halm und den groben Bart eines Schlüssels. Das war er. Ich brachte ihn zu Isabel. Sie steckte ihn ins Schloss und drehte ihn herum. Aber nichts geschah.

Dann krachte es wieder. Und noch einmal. Als ob alle Türen im Haus nacheinander aufgingen und anschließend mit einem Schlag zufielen.

Verdutzt standen wir beide vor der Haustür und rüttelten an ihr und an dem Schlüssel im Schloss. Aber weiterhin verweigerte die Tür ihren Dienst. Nach einigen Minuten gab Isabel auf.

»Komm«, sagte sie. »Wir können im Moment nichts ausrichten, und es hilft auch nichts, wenn wir aufgeregt sind. Wir sollten uns beruhigen, und dann sehen wir weiter.«

Wir machten uns zwei Tassen mit einer Baldrianteemischung und setzten uns ins Wohnzimmer auf das Sofa. Mein ganzer Körper zitterte, sodass Isabel mir die Tasse aus der Hand nahm und auf dem Tisch abstellte, damit der heiße Tee nicht überschwappte und ich mich verbrühte. Als sie ihre Tasse leer getrunken hatte, sagte sie: »Ich schau noch einmal nach der Tür.«

Ich nickte und sah ihr nach, als sie ging. Das Zittern hatte sich beruhigt, und nun trank auch ich meinen Tee. Der bittere Geschmack von Baldrian und Hopfen wurde durch die

Melisse abgeschwächt. Passionsblume, die laut Verpackung in der Mischung enthalten war, konnte ich nicht herausschmecken. Aber ich konzentrierte mich darauf, den Geschmack zu finden, bis ich mich beruhigt hatte oder Isabel zurückkam. Auf jeden Fall hoffte ich, mich auf keine anderen Gedanken einzulassen.

Isabel war schneller wieder zurück, als ich den Geschmack finden konnte. »Die Tür geht immer noch nicht auf.« Seufzend ließ sie sich neben mich aufs Sofa fallen. Plötzlich sah sie mich eindringlich an. »Wie war das? Du hast Risse in der Wand gesehen, die sich bewegten?«

Zuerst wusste ich nicht, wovon sie sprach, dann fiel es mir wieder ein. Ich hatte es ihr erzählt, als ich verwirrt in ihr Zimmer gelaufen war. Isabel hatte fälschlicherweise angenommen, dass ich wegen unserer Eltern durch den Wind war. »Ja. Ich habe Risse gesehen, die sich bewegten.«

Isabel schien nachzudenken, bevor sie sagte: »Erzähl mir davon.«

Also begann ich von den Geräuschen in der Küche zu berichten, von dem ständigen *Pssst*, das mich verfolgte. Ich erzählte ihr von dem siedend heißen Kakao und endete mit dem Buch, das plötzlich verschwand.

»Ich weiß, es sind nur Kleinigkeiten, aber ich habe das Gefühl, als würde es nicht zufällig geschehen. Und ich verstehe einfach nicht, was hier passiert. Es kommt mir vor wie ein Albtraum, der nicht enden will«, schloss ich meine Geschichte.

Isabel hatte sich alles in Ruhe angehört und nur hin und wieder genickt. Dann sagte sie den schlimmsten Satz, den man in einer solchen Situation nur sagen konnte: »Sieh es doch mal positiv.«

Fragend zog ich eine Augenbraue hoch, und Isabel lachte.

»Tote haben keine Albträume. So weißt du, dass du noch am Leben bist.« Sie musste über ihren eigenen Satz lachen. »Ich glaube, da will etwas deine Aufmerksamkeit auf sich ziehen. Vielleicht solltest du dem Ganzen auf den Grund gehen.«

»Es ist nicht so, dass ich es mir noch nicht überlegt hätte. Ich will schon wissen, was dahintersteckt.«

»Natürlich willst du das. Du warst ja schon immer neugierig.«

»Und wenn das gefährlich wird?«

»Angst ist kein guter Begleiter, Hedwig. Probiere es einfach mal. Schau es dir an. Und wenn du es nicht allein machen willst oder du mich brauchst, bin ich bei dir. Seite an Seite. Wir schaffen das gemeinsam.«

»Und wenn ...«

»Schluss mit *Und wenn*. Hedwig, hör auf damit. Schau es dir einfach an. Den Rest sehen wir dann, *wenn* es so weit ist. Ich kenne dich. Du schaffst das.«

Rückblick

Es war ein wunderschöner Sommertag im Juli. Kinder tollten über die Wiese, einige spielten Fangen, die anderen schossen oder warfen sich einen Ball zu. Ein paar Eltern bauten mit ihren Kleinen Sandburgen am Ufer des Sees. Manche standen an dem schlichten Kiosk in Form eines Pavillons an, um Eis, Pommes frites oder Getränke zu kaufen. Andere lagen auf ihren Handtüchern und Picknickdecken und genossen die ersten warmen Sonnenstrahlen nach einer zweiwöchigen Regenphase.

Hedwig lag neben ihrer Mutter, die sich in ihrem Badeanzug sonnte, und malte mit ihren Buntstiften den See, das Ufer, die Wiese und die Berge im Hintergrund. Ihr Vater war mit Franz schwimmen gegangen.

»Schau mal, Mami«, sagte sie und hielt ihrer Mutter das Bild vors Gesicht.

Diese öffnete nur kurz ihre Augen, die sie mit einer Hand von der Sonne abschirmte, ehe sie meinte: »Gut.«

»Nur gut?«, fragte das kleine Mädchen und sah verunsichert auf die Zeichnung. »Mehr sagst du nicht?«

»Du solltest damit zufrieden sein.«

»Aber ...«

»Still jetzt! Du bist zu laut«, ermahnte die Mutter sie besonders leise, aber so, dass ihre Tochter es noch gut hören konnte. »Mädchen sind nicht laut. Sie sind leise und erheben nicht ihre Stimme.«

»Aber, Mami, schau mal«, versuchte es das Mädchen noch einmal und deutete auf den türkisfarbenen See, den sie gemalt hatte.

»Hedwig! Ruhe jetzt«, sagte die Mutter bestimmt, aber leise. »Heisch nicht so um Aufmerksamkeit. Das machen Mädchen nicht. Und ich habe doch gesagt, dass dein Bild gut ist.«

Das kleine Mädchen wurde still, bis ihr Bruder und ihr Vater vom Schwimmen zurückkamen.

»Papi! Franzl! Schaut mal«, sagte sie und zeigte stolz ihre Zeichnung. Doch bevor die beiden darauf reagieren konnten, hatte die Mutter Hedwig am Arm gepackt und zwang sie, ihr ins Gesicht zu sehen.

»Hedwig, was habe ich eben gesagt? Du sollst nicht so angeben!«

»Aber Mama«, sagte Franz, ein junger Bursche von fast vierzehn Jahren. »Sie gibt doch nicht an. Und schau mal, wie gut sie schon malen kann. Im See spiegeln sich sogar die Berge. Das ist fantastisch!«

»Franz«, sagte die Mutter mit schneidender Stimme, die verlauten ließ, dass ihr Geduldsfaden zum Reißen angespannt war. »Halt du dich da raus.«

Franz warf seinem Vater einen hilflosen Blick zu. Der saß auf seinem Handtuch, ließ sich von der Sonne trocknen und rauchte eine Zigarette. Er spürte den Blick seines Sohnes auf sich, sah zu ihm hinüber und schüttelte den Kopf.

»Papa! Jetzt sag doch dieses eine Mal auch was.«

Doch der Vater hob nur abwehrend die Hände. Er sah seinen Sohn an und formte lautlos mit den Lippen: »Ich kann nicht.«

~~~

Der Regen prasselte gegen die Fensterscheiben der Balkontür und rann daran hinab. Aus der Ferne hörte man das Grollen des Donners. Wie Paukenschläge brachte er die Welt zum Beben. Ich lag auf der Couch in meinem Zimmer. Auf meinem Laptop lief eine Netflix-Fantasy-Serie, der ich nur halb so viel Konzentration schenken konnte, wie ich wollte. Immer wieder sah ich zur Balkontür und beobachtete die Regentropfen, die ans Glas klopften.

Mir gingen Isabels Worte nicht aus dem Kopf: »Da will etwas deine Aufmerksamkeit auf sich ziehen. Vielleicht solltest du dem Ganzen auf den Grund gehen.«

Sollte ich das wirklich tun? Konnte es sich bei den mysteriösen Vorfällen der letzten Zeit um eine Botschaft handeln, die an mich gerichtet war? Konnte da etwas dahinterstecken, das mir etwas sagen wollte?

Ich wollte mich auf meine Serie konzentrieren, doch es gelang mir nicht. Ich musste immer wieder über Isabels Worte nachdenken. Was sprach dafür, dass ich dem Ganzen auf den Grund ging? Natürlich wollte ich wissen, ob es eine Botschaft für mich gab und was diese beinhaltete. Dagegen sprach, dass es gefährlich werden könnte, wenn es sich bei den unheimlichen Ereignissen nicht um Hirngespinste handelte. Waren es jedoch nur Einbildungen, die meiner Fantasie entsprungen waren, sollte ich dem nachgehen, um endgültige Gewissheit zu haben.

Mein Gedankenkarussell wollte nicht stehen bleiben. Immer wieder setzte es sich erneut in Bewegung. Weder der Regen noch meine Serie konnten mich lang genug ablenken. Jeder Gedanke wollte durchgespielt und von allen Seiten betrachtet werden.

Ich holte meinen Zeichenblock hervor. Möglicherweise brachte mir das Zeichnen die erhoffte Ablenkung. Denn jeder Bleistiftstrich forderte viel Konzentration. Sicher, man konnte ihn wegradieren, aber jedes Radieren zerstörte das Papier etwas mehr, und das wollte ich vermeiden. Im Mittelpunkt meiner Skizze stand ein nostalgisches Jahrmarktskarussell. Die Pferdchen hatten prächtig frisierte Mähnen, ihre Sättel waren mit aufwendigen Dekorationen verziert. Die deutete ich in meiner Skizze aber nur an. Das Dekor des Karussells war ebenso prunkvoll wie die Sättel. Ich spielte viel mit Licht und Schatten und Reflexionen.

Eine ganze Weile ließen mich meine quälenden Gedanken in Ruhe. So lange, wie ich mit der Skizze beschäftigt war. Das Bild war noch nicht fertig, geschweige denn perfekt, aber es gefiel mir sehr gut. Ich merkte an jeder neuen Zeichnung, dass ich – mal mehr, mal weniger – besser wurde.

Meinen Eltern zeigte ich meine Bilder schon lange nicht mehr. Zu sehr fürchtete ich mich davor, dass sie meine Werke schlechtmachen würden. Das Zeichnen war mein Ein und Alles, mein innigster Schatz, meine Welt. Es musste beschützt werden.

Ich konnte Isabels Stimme hören, als sie einmal zu mir sagte: »Hedwig, du bist kreativ, begabt und feinsinnig. Du musst dich nehmen, wie du bist, und zu dir stehen, dann bist du keine Zielscheibe für unsere Eltern.«

An diesem Punkt konnte ich noch nicht sagen, warum, aber irgendetwas an Isabels Worten brachte mich dazu, der Ursache für den Spuk, wie ich die letzten Geschehnisse nannte, auf die Schliche zu kommen.

Ein paar Briefe und eine Taschenuhr

In der nächsten Zeit geschahen einige Vorfälle, die ich mir nicht erklären konnte. Vor ein paar Tagen hatte ich ein Buch auf den Tisch im Wohnzimmer gelegt. Seitdem war es unauffindbar. Ich suchte es im Wohnzimmer, in meinem Zimmer und in der Küche. Ohne Erfolg. Nach drei Tagen gab ich auf. Dann saß ich in meinem Zimmer, den Zeichenblock auf den Knien, den Kohlestift in der Hand. Ich zeichnete eine kleine verfallene Hütte, die versteckt in einem Waldstück lag, im Schein der untergehenden Sonne. Sofern man einen Sonnenuntergang mit schwarzer Kohle zeichnen konnte.

Ein lautes Klatschen ließ mich hochschrecken. Ich sah mich um. Von meinem Schreibtisch waren drei Bücher auf den Boden gefallen. Ich legte meinen Zeichenblock beiseite und hob sie auf. Es waren zwei Übungsbücher fürs Zeichnen und – ich stockte. Ich legte die Übungsbücher beiseite und hielt nur noch das dritte Buch in der Hand. *Die Dornenvögel.* Das Buch, das ich vor ein paar Tagen auf den Wohnzimmertisch gelegt und dann nicht wiedergefunden hatte. Ich drehte das Buch in meiner Hand, ungläubig, dass es sich wirklich um das verschwundene handelte. Wie kam es hierher? Heute Morgen lag es sicher noch nicht auf dem Schreibtisch. Oder doch? Hatte ich es hier abgelegt und erinnerte mich nicht daran? Ich schüttelte den Kopf und legte das Buch wieder auf den Schreibtisch. Zurück auf der Couch hob ich meinen Zeichenblock auf. Ein Kohlestrich durchschnitt meine Zeichnung. Wieder hörte ich ein leises *Pssst* ...

Ich ignorierte die seltsamen Vorfälle, solange es ging. Frei nach dem Leitspruch: Sehe ich dich nicht, siehst du mich nicht. Als ich dann ein paar Tage später den Flur in der oberen Etage entlangging, meinte ich wieder dieses leise *Pssst* zu hören. Ich drehte mich einmal um mich selbst, um meine Umgebung zu prüfen. Dabei schaute ich direkt in einen Spiegel und sah nichts. Der Spiegel zeigte nichts. Weder mich noch die gegenüberliegende Wand. Es war, als wäre er auf einen Schlag blind geworden. Der Spiegel zeigte nichts. Ich rieb mir die Augen. Als ich sie wieder öffnete, sah ich mein Spiegelbild. Ausschlafen, wie Isabel mir geraten hatte, war nicht die Lösung des Problems.

Später an diesem Tag war ich in der Küche, um mir eine heiße Schokolade zu machen. Ich nahm meine Sternentasse und füllte sie mit Kakaopulver. Danach holte ich eine Flasche Milch aus dem Kühlschrank, öffnete sie und wollte den Inhalt in die Tasse schütten. Seltsamerweise war kein Geräusch zu hören, als ich die Milch in die Tasse goss. Ich hielt die Flasche in Kippstellung, aber kein einziger Tropfen verließ die volle Flasche. Kopfschüttelnd drehte ich mich zu meinem Vater um, der am Küchentisch saß und etwas auf einen Block schrieb.

»Papa«, sagte ich und stellte die Milchflasche und meine Tasse auf den Tisch. »Kannst du die Milch dort bitte hineintun?«

Mein Vater sah mich mit hochgezogenen Augenbrauen an. »Schon wieder Kakao?« Dann nahm er die Flasche und goss die Milch in die Tasse. »Und?«, fragte er dann. »Was soll das jetzt?«

Erstaunt blickte ich ihn an. »Ich wollte nur etwas sehen.«

»Aha«, erwiderte er, bevor er sich wieder seinen Notizen widmete und mich mit meiner Verwunderung allein ließ.

Als ich meine Augen öffnete und in Dunkelheit gehüllt war, wusste ich, dass es mitten in der Nacht war. Ich griff nach meinem Smartphone, um auf die Uhr zu schauen. Es war halb drei.

Aber was hatte mich geweckt?

Da!

Da war es wieder!

Ein Geräusch wie das stöhnende Knarren von Treppenstufen, die unter dem Gewicht von Füßen seufzten, dann das knarzende Jaulen von Türen, die sich öffneten und schlossen.

Na?, hörte ich wieder die innere Stimme. *Willst du nicht nachschauen, was hier vor sich geht?*

Schon bereute ich meine Entscheidung, mir diese Phänomene genauer anzusehen. Nein, dachte ich. Ich wollte nichts damit zu tun haben. Ich wollte nicht! Ich nahm mein Kopfkissen und drückte es auf meine Ohren. Ich wollte nichts hören. Ich wollte schlafen.

Aber die Geräusche ließen mir keine Ruhe. Jede Nacht hörte ich sie aufs Neue. In der vierten Nacht hielt ich es nicht mehr aus. Ich schlich mich aus meinem Zimmer, als ich wieder einmal geweckt wurde.

Barfuß stand ich im Flur und lauschte. Ich hörte nur den Wind, der draußen um das Haus strich, und das Rascheln der Baumblätter im Garten. Durch die Fenster klang es sehr gedämpft. Aber nichts davon ähnelte den Geräuschen, die mich weckten.

Meine Augen brannten vor Müdigkeit, meine Beine waren schwer. Ich seufzte. Es hatte keinen Sinn, sich heute Nacht mit den Geräuschen zu beschäftigen. Vielleicht ein andermal, dachte ich, ehe ich wieder in mein warmes Bett stieg.

Bald würde Franz wiederkommen. Dann würde alles gut werden. Ich würde ihm so gerne von meiner Zulassung erzählen. Er wusste ja, wie sehr ich es liebte zu zeichnen. Wenn er wieder da war, würde ich ihm alles erzählen.

Rückblick

Es war tiefschwarze Nacht. Weder die Sterne noch der Mond waren zu sehen. Das kleine Mädchen schreckte aus ihrem leichten Schlaf auf. Ein seltsames Geräusch hatte es geweckt. Da! Da war es wieder. Es klang wie ein kurzer Schrei, schrill und laut. Wie das Quietschen einer Tür, nur lauter und kläglicher.

Hedwigs Augen gewöhnten sich langsam an die Dunkelheit, als ob sie diese einfach wie einen Vorhang beiseiteschob. Leider wollte ihr das mit ihrer Furcht nicht so schnell gelingen. Denn obwohl sie jetzt mehr sehen konnte als eben, nahm sie auch viel Erschreckenderes wahr. Schatten, die an den Wänden tanzten und sich nach ihr ausstreckten, wenn ein Auto an ihrem Haus vorbeifuhr und das Zimmer blitzartig erhellte. Die Dunkelheit der Nacht fühlte sich eng und bedrohlich an.

Sie sprang aus dem Bett und schlich ins Zimmer ihres Bruders. Sie stupste ihn sanft, um ihn zu wecken. »Franz? Franz?«

Er bewegte sich, als wollte er den Schlaf aus seinen Gliedern treiben, und gab maunzende Geräusche von sich. Während er sich aufsetzte, knipste er die Nachttischlampe an.

»Hedi, was ist los?«, fragte er gähnend. Er war noch so müde, dass er seine guten Manieren vergaß und keine Hand vor den Mund hielt, sondern ihn einfach nur weit aufriss.

»Ich kann nicht schlafen ...«

Franz nickte verständnisvoll und gähnte wieder. »Willst du hier schlafen?« Er rutschte zur Seite und schlug die Decke zurück, sodass Hedwig ins Bett klettern konnte.

Als sie sich in sein Bett gekuschelt hatte, sagte sie: »Ich habe ein seltsames Schreien gehört.«

»Draußen?«

»Ja. Es klang soo fürchterlich.«

»Das war bestimmt eine Katze. Die machen das manchmal, um ihr Revier zu verteidigen. Soll ich dir eine Gutenachtgeschichte erzählen?«

»O ja!«

»Lass mich kurz überlegen ...« Franz schloss kurz die Augen und durchsuchte seine innere Bibliothek nach einer Geschichte, die er erzählen konnte. Dann fiel ihm ein Buch ein, das er kürzlich in der Schule gelesen hatte: *Der kleine Hobbit*. Also begann er seine Erzählung mit einem Hobbit und dessen Gepflogenheiten. Hedwig liebte es, wenn ihr großer Bruder ihr Geschichten erzählte, und sie entspannte sich zunehmend.

Beide waren so vertieft in die Abenteuer des Hobbits, dass sie nicht merkten, wie ein starker Wind aufzog. Erst als ein

Schlag auf den anderen folgte, als ob jemand rabiat an das Fenster klopfte, schreckten beide auf. Hedwig klammerte sich an ihren Bruder.

»Was ist das?«, fragte sie mit zitternder Stimme.

»Das ist nur unser Baum. Die Äste schlagen wegen des Windes an das Fenster.« Franz lachte, weil auch er sich deswegen erschreckt hatte.

Aber Ruhe hatten die beiden Geschwister trotzdem nicht. Zu dem beharrlichen Klopfen des Baumes kamen noch Kratz- und Knarrgeräusche. Als ob das Haus Wachstumsschmerzen hätte.

»Keine Sorge, Hedi. Das ist normal«, sagte er und versuchte, so beruhigend wie möglich zu klingen, auch wenn er sich selbst nicht täuschen konnte. Franz hatte plötzlich das Gefühl, als ob hier etwas nicht stimmte. »Du weißt ja, dass wir in unserem Haus viel Holz haben. Und Holz lebt und bewegt sich. Das hören wir gerade.«

»Holz kratzt?«

»Nein, Hedi. Vielleicht stammt das Geräusch von einem Marder. Aber vor dem musst du keine Angst haben.« Dann fuhr er mit der Hobbitgeschichte fort, um sie beide abzulenken.

Während Franz erzählte, sah Hedwig zur Zimmerdecke. Feine Haarrisse verliefen über die Decke und verdichteten sich für sie zu Bildern. Sie sah eine Figur ähnlich einem Zwerg, sie sah einen Baum, sie sah eine Frau. Dann schlief sie ein.

~~~

Aber jede Nacht wachte ich wieder auf. Jede Nacht hörte ich diese Geräusche. Sie gaben nicht auf. Ich schlich schließlich die Treppe hinunter, um nachzusehen, woher sie kamen. Ich ließ bewusst die vierte, siebte und zwölfte Stufe aus, da sie laut knarrten, wenn man auf sie trat. Dann erklang ein metallisches Scheppern. Nicht laut, aber hörbar. Ich wandte mich unserer Küche zu, aus der ein kleines Licht herausschien. Auf Zehenspitzen tappte ich den Flur entlang. Ich spürte die rauen Teppichfasern unter meinen Zehen wie kleine Nadelstiche. Am Türstock angekommen lehnte ich mich vorsichtig dagegen und atmete leise tief ein und aus. Dann spähte ich um die Ecke in die Küche.

Ich sah meinen Vater, der vor dem Kühlschrank auf den dunkelbraunen Steinfliesen saß. Auf seinem Schoß hatte er eine große Schüssel mit Nudelsalat, den er mit Mayonnaise versetzte. Um ihn herum waren Brösel und Brocken von Brot und Semmeln, daneben offene Becher mit Käsecreme, Liptauer und Grammelschmalz. Auf einem Teller lagen abgenagte Knochen, die Reste des Brathähnchens vom Abendessen. Daneben stand eine offene Flasche Grüner Veltliner.

Ich erkannte meinen Vater kaum wieder. Sein sonst sorgfältig gekämmtes Haar stand zu allen Seiten ab. Sein Bart sah ungepflegt aus, und seine Augen waren gerötet. Er wirkte viel älter, wie er gebeugt in der dunklen Küche saß, nur ein kleines Licht war bei der Arbeitsfläche angeschaltet.

Er nahm einen großen Schluck Weißwein und hielt ein Papier in seiner zitternden Hand hoch. Ein Brief?

Ich hörte ihn seufzen, dann nahm er einen weiteren Schluck Wein und stellte die leere Flasche neben sich ab.

Er rappelte sich auf. Dann warf er die Essensreste in den Müll und stellte das Geschirr in die Spülmaschine. Damit er mich nicht sah, schlich ich ins Wohnzimmer und versteckte mich in der finstersten Ecke. Ich konnte hören, wie er in der Küche hantierte. Dann war es still.

Ich tapste in die Küche und schloss leise die Tür. Ich schaltete das große Deckenlicht ein.

Jetzt sah ich die Küche, wie sie wirklich war. Es war trotz des Lichts ein sehr dunkler Ort. Die Steinfliesen waren teilweise gesprungen, hatten Löcher und glänzten nicht mehr. Die Schranktüren waren kurz davor aus den Angeln zu hängen. Die Blenden der Schubladen hingen bereits schief. Die grünen Butzenscheiben und die hellbraunen Wandfliesen waren mit Öl, Fett und Staub verschmiert. Ich ging zum Herd und sah ihn mir genauer an. Die Stahlkochplatten waren schon sehr alt und umrandet von eingebrannten Fettflecken. Mit den Fingern wischte ich über die Arbeitsfläche daneben. Ich drehte mich um und ließ den Blick durch die Küche schweifen. Ich sah Spinnweben in der Ecke und an den Wänden. Sie waren grau vom vielen Staub. Die ganze Küche war nur oberflächlich geputzt worden, sodass man dachte, sie wäre sauber, wenn man einen flüchtigen Blick hineinwarf. Ich sah aber nun genauer hin und erkannte, wie wenig mein Vater die Küche tatsächlich gepflegt hatte. Ich zog eine der Schubladen heraus und sah mir das Besteck an. Es war nicht wirklich schmutzig, aber auch nicht sauber. Ich schob die Schublade wieder hinein. Um den Küchentisch standen vier Stühle.

Dann ein lautes Scheppern. Ich schrak auf. War mein Vater zurückgekommen? Ich blickte mich um und betete, dass mein lautes Herzklopfen mich nicht verraten würde. Aber ich war allein in der Küche. Woher kam dieser Krach? Ich sah mich um. Dann klirrte es noch einmal. Nicht mehr so laut. Es klang, als würde Metall aneinanderschlagen. Ich kniete mich hin und öffnete bedächtig den Schrank, in den mein Vater die Pfannen und Töpfe nach dem Abwasch stellte.

So leise, wie es mir möglich war, holte ich alles heraus und stellte eins nach dem anderen auf den Boden um mich herum. Ich nahm die Schmutzmatte heraus und tastete den ganzen Schrank ab, aber da war nichts, nur Kratzer.

Ich ließ meinen Kopf sinken und seufzte. Dann musste ich alles wieder einräumen. Ich nahm die Schmutzmatte und legte sie zurück in den Schrank. Als ich darüberstrich, um sie zu glätten, traf mich ein kleiner Stromschlag. Sofort zog ich die Hand zurück und blies leicht auf meine Finger. Ich wollte drei aufeinandergestapelte Pfannen hineinstellen, als ich es knistern hörte. Ich sah auf die Schmutzmatte, nahm sie wieder heraus und fuhr mit meinen Fingern über die Kratzer. Aber sehen konnte ich nichts.

Ich wusste, dass wir eine Taschenlampe hatten und überlegte, wo sie sein könnte.

Ich schlich ins Wohnzimmer und suchte so leise wie möglich im großen Holzschrank. Als ich die dritte Tür des Schrankes öffnete, sah ich sie ganz hinten in der Ecke liegen. Vorsichtig zog ich sie heraus. Nur keinen Lärm machen. Niemanden wecken. Der Lichtkegel erstrahlte in Sekunden, nachdem ich den Schalter nach oben geschoben hatte. Der Lichtstrahl fiel auf den Riss in der Wand. War er größer geworden? Ich schüttelte den Gedanken ab und ging zurück zum Küchenschrank. Als ich hineinleuchtete, sah ich, dass das, was ich für Kratzer hielt, die Ränder eines doppelten Bodens waren. Mit einem Messer stemmte ich ihn vorsichtig auf. Mit der Taschenlampe leuchtete ich hinein und holte den Boden heraus. Zum Vorschein kamen Briefe. Vermutlich waren es die, die mein Vater vorhin gelesen hatte.

Ich sah sie mir genauer an. Sie waren alle an meinen Vater adressiert, aber ohne Absender. Alle bis auf einen. Den hätte ich fast übersehen. Er war von meinem Vater und an eine Hanna Wallner adressiert.

Viele Fragen schwirrten durch meinen Kopf. Jede einzelne war darauf erpicht, als Erstes beantwortet zu werden.

Wer war diese Hanna? Warum versteckte mein Vater Briefe von ihr? Und warum einen an sie? Warum hatte er diesen nicht abgeschickt? Was stand in diesen Briefen?

Ich nahm das oberste Kuvert vom Stapel und öffnete ihn. Ich zog bereits den Brief aus dem Umschlag, als ich plötzlich innehielt.

»Was machst du da?«, hörte ich Isabel fragen.

Ich schrak auf, denn ich hatte sie nicht kommen hören.

»Ich habe Briefe von Papa gefunden. Alle von einer Hanna Wallner und einen an sie.«

»Wie hast du die gefunden?«

»Irgendwas hat mich hierhergeführt«, sagte ich und musste beinahe über mich selbst lachen.

»Warum hast du mich nicht geweckt? Ich wäre doch gleich mit dir gekommen.« Isabel setzte sich neben mich.

»Und was steht drin?«, fragte Isabel.

Ich zuckte die Schultern. »Ich kann doch nicht Papas Briefe lesen. Das wäre nicht richtig.« Schließlich war die Küche sein Reich, sein eigener Raum. Das war seine Privatsphäre.

Der Brief, den ich zwischen meinen zitternden Fingern hielt, fiel auf meinen Schoß und entfaltete sich von selbst. Mit großen Augen sahen Isabel und ich dabei zu.

»Wir sollen ihn wohl lesen«, flüsterte sie.

Der Brief war datiert von vor über dreißig Jahren. Ich überflog ihn, versuchte ihn so ungenau wie möglich zu lesen. Ich wollte ja nur grob wissen, was darin stand, sagte ich mir. Es war ein Liebesbrief. Diese Hanna und mein Vater waren offensichtlich früher ein Paar gewesen.

Ich nahm seinen Brief an sie zur Hand. Der Brief war achtundzwanzig Jahre alt. So viele Jahrzehnte lag dieser Brief schon hier. Warum hatte er ihn nicht abgeschickt? Sah sich mein Vater immer wieder diesen Brief an und überlegte, ihn doch noch abzuschicken?

»Was steht drin?«, fragte Isabel.

Ich las vor:

Meine liebste Hanna,
ich kann dir gar nicht sagen, wie sehr mich dein letzter Brief gefreut hat. Ich kann mir nichts Schöneres vorstellen, als mein Leben mit dir zu teilen. Du weißt, wie sehr ich dich liebe ... Seit du geschrieben hast, kann ich an nichts anderes mehr denken. Und diese Gedanken lassen mich die Tage durchhalten ...

Dieses Wochenende werde ich endlich Gretel verlassen. Ich kann es nicht länger leugnen ... Diese Ehe ist gescheitert, vorbei seit der Geburt unseres Sohnes ... Oder auch schon lange davor ... Seit ich dich kenne, weiß ich wirklich, was Liebe ist. Gretel und ich waren einfach zu jung, als dass wir hätten verstehen können ... Wir haben uns etwas vorgemacht ... Du weißt, ich wollte mich nicht trennen, schon wegen der Kinder, aber ich halte es nicht länger in diesem Haus aus.

Ich glaube, sie merkt es auch. Je mehr ich mich innerlich von ihr entferne, umso mehr hält sie an mir fest. Sie ruft mich jede Stunde im Büro an und wird wütend, wenn ich nicht ans Telefon gehe. Wenn ich nach Hause komme, fragt sie mich über jede Minute meines Tages aus ... Und wenn nicht mich, dann löchert sie Freunde und Verwandte mit Fragen, obendrein noch meine Kollegen. Sie durchsucht abends sogar meine Kleidung nach irgendwelchen Hinweisen. Manchmal fühle ich mich, als würde mich Gretel rund um die Uhr beobachten …

Aber mach dir keine Sorgen. Sie weiß nichts von dir … Wie wir das mit den Kindern regeln, weiß ich noch nicht. Aber ich denke, sie bleiben bei ihrer Mutter …

Mein Schatz, ich kann es nicht erwarten, endlich bei dir zu sein. Ab Sonntagabend bin ich ganz dein. Ich freue mich so sehr auf dich und unser baldiges gemeinsames Leben.

Ich liebe dich

Charlie

Es war Ewigkeiten her, dass jemand meinen Vater Charlie genannt hatte. Auch ich hatte seinen Spitznamen seit Jahren nicht mehr gehört. Jetzt hieß er nur noch Karl.

Manchmal fühle ich mich, als würde mich Gretel rund um die Uhr beobachten …

Dieser Satz blieb bei mir hängen. Mein Vater war so unglücklich und trotzdem geblieben. Warum? Ich sah mir noch einmal das Datum an. Franz war damals sechs Jahre alt gewesen, und ich gerade erst geboren. Aber deswegen war mein Vater nicht geblieben. Ich sah mir die Briefumschläge genauer an. Das Papier war abgegriffen. Vermutlich holte mein Vater sie oft aus ihrem Versteck in der Küche und las sie.

»Was glaubst du, warum er geblieben ist?«, fragte mich Isabel.

Ich konnte erst mal nur den Kopf schütteln. Vielleicht ordneten sich ja so meine Gedanken.

»Ich weiß es nicht«, sagte ich und faltete die Briefe ordentlich zusammen und steckte sie wieder in ihre Umschläge.

Dann legte ich die Briefe in ihr Versteck zurück und räumte den Küchenschrank ein. Isabel sah mir dabei zu. Als ich damit fertig war und sie anblickte, gähnten wir beide.

»Lass uns wieder schlafen gehen«, schlug ich vor, und sie nickte.

Gerade als ich vom Boden aufstehen wollte, sah ich etwas im Augenwinkel. Ich hielt inne. Etwas hatte da doch gefunkelt? Aber wahrscheinlich hatte ich es mir nur eingebildet.

»Isabel, gib mir noch mal die Taschenlampe«, sagte ich. Als sie mir die Lampe gab, leuchtete ich unter die Sockelleiste. Ich nahm das Messer zur Hand und stemmte die Leiste auf.

»Was ist los?«, fragte Isabel. »Ist da was?«

»Ich glaube schon«, sagte ich. Ich legte mich flach auf den Boden und fasste unter die Küchenzeile. Ich fühlte Spinnweben und Staub und etwas kaltes Metallisches. Es fühlte sich an wie eine Kette mit feinen Gliedern. Als ich sie zu fassen kriegte, zog ich sie hervor. Isabel kam näher, und wir begutachteten meinen Fund. Ich pustete den Staub weg. Es war eine alte goldene Taschenuhr.

»Wie kommt die ausgerechnet dorthin?«, fragte ich und sah Isabel an. Sie zuckte mit den Schultern und war genauso ratlos wie ich.

Am nächsten Morgen wachte ich früh auf. Ich fühlte mich wie gerädert. Ich fasste mir an den Kopf, um den Schwindel im Zaum zu halten, dann griff ich nach der Taschenuhr, die auf meinem Nachttisch gelegen hatte.

Sie sah alt aus, war aufklappbar und hing an einer feingliedrigen Goldkette. Die Uhr war skelettiert, das Uhrwerk sichtbar. Ich hielt sie an mein Ohr. Kein Ticken war zu hören. Mit den Fingerspitzen fasste ich die Krone, das kleine Rädchen zum Aufziehen der Uhr. Ich drehte einige Male und dann hörte ich das Ticktack des Uhrwerks.

Ich überlegte, ob ich meinen Vater fragen sollte, wessen Uhr das war. Aber wie sollte ich erklären, wie ich sie gefunden hatte?

Während ich darüber nachdachte, kam Isabel in mein Zimmer. »Guten Morgen. Wie fühlst du dich?«

»Verwirrt. Ich weiß noch nicht, was ich davon halten soll, was ich … was wir gestern erfahren haben.«

»Geht mir genauso.«

Später lag Isabel bei mir auf der Couch und las *Die Dornenvögel*, während ich auf dem Boden saß und mit einer Schuhbürste meinen Schaffellteppich reinigte. Die Arbeit frustrierte mich, weil sie mir nicht so schnell von der Hand ging, wie ich es mir wünschte. Dennoch entspannte mich die regelmäßige Bewegung. Das stete Bürsten des Fells, von links nach rechts, vom oberen Rand zum unteren, half mir abzuschalten. Meine Gedanken flossen ebenso wie meine Bewegungen. Immer wieder merkte ich, wie meine Ungeduld hochkam. Einige Flusen blieben hartnäckig im Fell hängen und verschwanden nicht so schnell, wie ich es wollte. Aber ich bürstete weiter, und mit der Zeit hatte ich die letzte Fluse aus ihrem felligen Netz befreit. Mein Blick fiel auf die Taschenuhr, die auf meinem Schreibtisch lag.

Klack. Klack. Klack. Klack.

Karl musste lächeln. Dass ihm das einmal an einem Montagmorgen im Büro passieren würde, hätte er nicht gedacht. Das Klacken, das stetig lauter wurde, steigerte seine Freude immer mehr. Er kannte diesen Schritt nur zu gut. Als die Bürotür aufging, saß er an seinem Schreibtisch und lächelte. Er sprang auf und lief Hanna entgegen, die in diesem Moment sein Büro betrat. Sobald sie die Tür geschlossen hatte, zog er sie in seine Arme und küsste sie.

Er spürte Hannas festen Griff am Revers seiner Jacke, mit dem sie versuchte, ihn noch näher an sich zu ziehen. Seine Umarmung wurde fester.

»Du weißt gar nicht, wie sehr ich mich darauf gefreut habe, dich endlich wieder zu küssen«, flüsterte Karl in ihr Ohr.

»Ich habe mich auch so sehr danach gesehnt, Charlie«, stöhnte sie, während sie die Arme um seinen Nacken schlang. »Obwohl dein Bart ganz schön kratzt.« Sie kicherte.

Er liebte die Art, wie sie seinen Spitznamen sagte und lachte. In seinen Ohren gab es keinen schöneren Klang. Hanna in seinen Armen zu halten, war ein solch wundervolles Gefühl. Er fühlte sich wirklich glücklich.

Doch das Glück wurde von einem jähen Klingeln gestört. Er wusste schon, wer am anderen Ende der Leitung war, ohne abzuheben. Also ließ er es klingeln. Dreimal, fünfmal, zehnmal. Dann war endlich Stille.

»Deine Frau?«, fragte Hanna, während ihr Kopf an seiner Brust ruhte.

Karl nickte. »Ja, sie ruft beinahe jede Stunde an.« Mit einer Hand streichelte er ihren Rücken. Die monotone Bewegung beruhigte ihn. Doch es hielt nicht lange an, da das Telefon erneut zu klingeln begann.

»Willst du rangehen?«

»Nein.« Er küsste sie wieder. So standen sie weiter eng umschlungen da, während das Telefon nach Aufmerksamkeit verlangte.

Doch beim fünften Anrufversuch verließ ihn die Ruhe. Er ging zu seinem Schreibtisch und nahm ab.

»Warum gehst du erst jetzt ran?«, hörte er Gretels vorwurfsvolle Stimme durch den Hörer.

»Ich arbeite«, sagte er und rieb sich mit einer Hand über die Stirn. »Ich kann nicht immer ans Telefon gehen und ... Gretel, ich muss auflegen, mein Chef kommt gerade rein.« Karl legte auf und lehnte sich in seinem Bürostuhl zurück.

Hanna lachte und trat hinter ihn, um seine Schultern zu massieren und ihm einen Kuss auf den Scheitel zu geben. »Gehen wir nachher Mittagessen?«

»Nichts lieber als das«, sagte er lächelnd und legte seine Hand auf ihre.

~~~

Abends, nachdem ich meiner Mutter das Abendessen gebracht hatte, saß ich neben dem Bett und beobachtete sie heimlich, wie sie gebannt auf den Fernseher starrte und der Serie folgte. Gerade lief eine kitschig-romantische Szene, in der ein Paar sich seine gegenseitige Liebe erklärte.

»Mama, hatte Papa eine Taschenuhr?«, fragte ich.

»Ja, es war ein Hochzeitsgeschenk. Von mir für ihn. Weiß der Teufel, was er damit gemacht hat. Verlegt, verloren, vergessen.«

»Meinst du, Papa ist glücklich?«

Sie machte ein komisches Geräusch, eine Art freudloses Lachen. »Er hatte seinen Teil vom Glück, mehr als die meisten. Das muss reichen.«

»Bist du denn glücklich?«

Wieder dieses Lachen. »Du stellst Fragen, Kind.« Daraufhin schwieg sie und starrte wieder auf den Fernseher. Bald jedoch bemerkte ich, wie Mutters Aufmerksamkeit nicht mehr dem Treiben im Fernsehen galt, sondern zum Spiegel ihres Schminktisches glitt. Sie strich über ihr Gesicht und ihren Hals, um die Haut glatt zu streichen, in der Hoffnung, die Falten würden dadurch verschwinden.

»Ich war auch mal so jung und schön wie diese Frauen im Fernsehen. Jetzt verkümmere ich nur noch. Ich habe die beste Zeit meines Lebens an ihn verschwendet.« Dann musterte sie mich mit einem kalten Blick. Sah ich da auch etwas Nasses in ihren Augenwinkeln glitzern? »Und auch an euch Kinder. Weißt du, bevor ich schwanger wurde, war ich dünn und schön. Aber ihr habt meinen Körper völlig ruiniert. Jetzt sei still. Ich will das hier sehen.« Sie zeigte auf den Fernseher.

»Tut mir leid, Mama«, antwortete ich, ehe ich aufstand und das Zimmer verließ. Weder ich noch meine Mutter sagten etwas.

Rückblick

Margarethe betrachtete sich im Spiegel. Ihre blonden Haare waren ordentlich hochgesteckt. In ihrer Frisur schimmerte floraler Haarschmuck, an dem der lange Schleier hing. Er umhüllte ihre Silhouette vollständig, beinahe wie ein Mantel.

In dem Kleid, das sie trug, hatte bereits ihre Großmutter geheiratet. Bereits mit fünfzehn Jahren hatte sie sich das Hochzeitskleid ihrer Träume ausgemalt und mit jedem Jahr verfeinert. Das Kleid war hochgeschlossen, vorn mit Knöpfen und Spitze verziert. Es hatte Puffärmel, die ab den Ellenbogen abschlossen und dann wie eine zweite Haut ihre Unterarme bedeckten. Der Rock lag vorn eng an und war hinten mit einer Turnüre aufgebauscht. Zum Saum hin wurde der Rock immer verspielter mit Mustern aus Spitze.

Als Karl ihr dann einen Antrag gemacht hatte, saß sie nächtelang an der Nähmaschine, um das Kleid zu ändern. Manchmal musste sie auch mit der Hand nähen. Sie ging mit so viel Eifer und Perfektionswut an die Arbeit, dass es sie oft wunderte, dass ihre Hände noch nicht blutig waren.

Ihre Mutter kam ins Zimmer und betrachtete die junge Frau kritisch, ehe sie ihr eine lose Haarsträhne zurück in die Frisur strich.

»Du hättest dir wirklich ein neues Kleid kaufen sollen«, sagte ihre Mutter.

»Ich wollte aber das Kleid von Großmutter.«

»Nicht mal ich hätte es bei meiner Hochzeit getragen. Damals war es schon vergilbt und mottenzerfressen. Und du hast ihm mit deiner Schneiderei nichts Gutes getan.«

»Danke, Mutter.« Obwohl Margarethe es schon hatte kommen sehen, hatte sie sich nicht dafür gewappnet. Sie war dem Irrtum erlegen, ihre Mutter würde sie an ihrem Hochzeitstag schonen.

»Werd nicht frech.«

Zu Margarethes Glück klopfte es an der Tür, und ihre Schwester Christiane steckte den Kopf herein.

»Es ist Zeit, wir müssen jetzt los«, sagte sie.

Auf dem Gesicht der Mutter erschien ein Strahlen. »Christiane, Liebling, komm mal rein und lass dich ansehen! Wie hübsch du aussiehst. Das Kostüm ist eine gute Wahl.«

Margarethe kannte dieses Prozedere schon in- und auswendig, daher suchte sie ihre Sachen zusammen und nahm zum Schluss noch das kleine schwarze Kästchen vom Schminktisch. Ein letztes Mal sah sie hinein. Die goldene Taschenuhr war noch darin. Sie hatte sie extra beim Goldschmied für ihren großen Tag anfertigen lassen. Es sollte ein Geschenk für Karl werden. Er hatte sich immer eine gewünscht. Und sie würde ihr Kind kriegen. Eine süße Tochter, das wünschte sie sich. Dann hätte sie endlich ihre eigene Familie und konnte ihre Eltern und Geschwister für immer vergessen.

~~~

Das rote Zimmer

Ich wusste nicht mehr, was ich hier unten wollte. Wollte ich etwas aus der Küche oder aus dem Wohnzimmer holen? Wollte ich meinen Vater etwas fragen? Ich wusste es einfach nicht mehr. Aber manchmal erinnerte man sich wieder, wenn man zurück zum Ausgangspunkt ging. Deshalb drehte ich mich am Fuße der Treppe um und stieg erneut hinauf.

Etwas hinter mir fiel mit lautem Scheppern und Klirren zu Boden. Der Schreck fuhr mir in die Glieder und hinterließ nichts als eine wackelige Masse in meinen Armen und Beinen. Ich sah hinter mich und entdeckte die Scherben und Splitter eines heruntergefallenen Bilderrahmens. Ehe ich mich umdrehen konnte, fielen weitere Bilder von der Wand. Als das Geräusch der letzten zerbrechenden Glasscherben verklang, drehte ich mich um und sah auf die Unordnung hinab. An der Wand, an der bis eben noch die Bilder hingen, lief ein Riss zur Decke hinauf.

Ich sammelte die Fotografien aus ihren kaputten Rahmen auf und sah sie mir an, nachdem ich mich auf eine höhere Stufe gesetzt hatte. Warum waren ausgerechnet diese Fotografien heruntergefallen? Es fiel mir schwer, an einen Zufall zu glauben. Es waren Bilder von meiner Familie. Das erste war eine Fotografie von meiner Großmutter mütterlicherseits. Ich kannte das Bild gut, denn ich war jahrelang daran vorbeigelaufen. Aber von dem Porträt, das meine Großmutter zeigte, war nicht viel übrig geblieben. Ihre weißen Locken, die sie auf dem Bild hatte, waren nur noch ein paar Strähnen, ihre Augen waren zwei dunklen, leeren Augenhöhlen gewichen. Auch ihre kleine knubbelige Nase war nicht mehr zu sehen, es war nur noch ein schwarzes Loch in ihrem Gesicht. Ich legte das Bild beiseite und sah mir das nächste an. Es war eine Fotografie von meiner ganzen Familie. Moment, nicht meiner ganzen Familie. Isabel fehlte.

Ich erinnerte mich daran, wie das Foto aufgenommen wurde. Wir waren auf dem Innsbrucker Hausberg, dem Patscherkofel. Ein Wanderer hatte das Bild von uns geschossen. Hinten standen unsere Eltern, vorn waren Franz und ich. Mein Bruder war damals etwa vierzehn Jahre alt, ich ungefähr acht. Isabel musste damals sechs Jahre alt gewesen sein. Aber warum war sie nicht auf dem Bild? Sie war an diesem Tag dabei, ich erinnerte mich genau. Beinahe hätte ich die Fotografie schon weggelegt, als mir etwas auffiel. In einer Gruppe von Bäumen im Hintergrund war ein dunkler Schemen mit zwei hellen, runden Augen.

Die nächsten Fotografien bereiteten mir Schwindel. Aus manchen Aufnahmen wurden Negative, manche Farben änderten sich. Ich wollte eben die Bilder weglegen, als ich eins sah, das noch in einem der Bilderrahmen war. Ich hatte doch alle Bilder aufgehoben. Sechs Bilderrahmen, aber sieben Bilder? Das letzte musste hinter einer der anderen Fotografien gewesen sein.

Es war eine Aufnahme von Mutters Familie. Sie, ihre vier Geschwister und ihre Eltern. Aber alle Gesichter, außer das meiner Mutter, waren geschwärzt. Was hatte das zu bedeuten? Hatte es etwas damit zu tun, dass ich seit vielen

Jahren meine Onkel und Tanten nicht mehr gesehen oder gesprochen hatte? Jetzt fiel mir auch auf, dass meine Eltern nicht mehr über die Familie sprachen. Kein einziges Wort.

Rückblick

Gretel schritt den Flur entlang und sah sich die Urkunden und Pokale an, die sie liebevoll dekoriert hatte. Das tat sie oft und gerne. Sie war so stolz auf ihren Jungen, der früh eine besondere Begabung im Tennis gezeigt hatte. Er hatte eine ausgezeichnete Vorhand und eine noch bessere Rückhand, er war agil und flink. Aber seine größte Stärke war der Slice, eine Schlagart, bei der der Spieler den Ball mit Rückwärtsdrall spielt. Sein Trainer sah ihn ebenfalls als einen aufsteigenden Stern am Tennishimmel. Sie erzählte gerne davon, was ihr Sechzehnjähriger alles erreicht hatte und noch erreichen wird. Vielleicht könnte er sich sogar für den Grand Slam qualifizieren.

»Anis!«, hörte sie Franz' Stimme aus der Küche. »Es fehlt noch Anis.« Gretel spähte durch die Küchentür und sah, wie ihr Sohn die Soße für das Hähnchen abschmeckte. Der süße Duft von Orange und der würzige Hauch von Fenchel erfüllten die Küche.

»Warum trainierst du nicht?«, fragte seine Mutter.

Franz erschrak. »Was soll denn diese Überwachung?«

»Sei nicht so frech, junger Mann«, fuhr sie ihn an. »Du willst doch auch weiterhin Preise und Pokale gewinnen. Oder etwa nicht?«

Franz sah zu Boden. »Ja, Mama. Aber ...«

»Was meinst du denn? Wie viele junge, talentierte Bur-
schen spielen Tennis? Du solltest dich jetzt schon anstren-
gen. Leichter wird es nicht werden.«

»Aber Mama, ich ...«

»Du willst doch an der Landesmeisterschaft teilnehmen,
oder nicht?«

Franz legte den Kochlöffel auf die Arbeitsplatte. »Ja, sicher«, antwortete er tonlos.

Die Mutter seufzte. »Franzl, wir meinen es nur gut mit
dir. Jetzt geh lieber noch eine Runde laufen. Dein Vater wird
das Essen kochen. Und vergiss nicht, deinen Proteinshake
zu trinken.«

Franz nickte und verließ die Küche. Später sah Gretel ihn
in Sportkleidung am Fenster vorbeilaufen. Wenn er es wirklich nach Wimbledon schaffen würde, könnte sie endlich
diesen einen Pokal vom zweiten Platz wegwerfen. Bei diesem
Gedanken lächelte sie.

~~~

Nachdem ich die Scherben und die kaputten Bilderrahmen
aufgekehrt und entsorgt hatte, nahm ich die Fotografien
und ging zurück zu meinem Zimmer. Aber so weit kam ich
nicht, denn ich bemerkte Rauch, der aus dem Zimmer meiner Mutter kam. Wie Nebel klebte er am Boden und waberte
in Arabesken durch den Schlitz der Tür in den Flur hinaus.
Es war kein heller Rauch, wie bei einem Brand, sondern er
hatte die Farbe von dunkelgrauem Schmutz.

»Mama, ist alles gut?« Panisch stürmte ich in ihr Zimmer
und sah mich um.

»Spinnst du jetzt ganz? Was platzt du hier denn so rein?«

Nichts. Kein Rauch, kein Brand. Alles war wie immer.

»Ich dachte, es würde hier brennen. Ich habe Rauch gesehen.«

»Mach dich nicht lächerlich.«

Kannst du das glauben?, hörte ich die Stimme in mir. Du machst dich lächerlich? Sie raucht sogar, während sie schläft. Sie ascht auf ihr Bett. Aber du machst dich lächerlich?

»Es zieht! Schließ gefälligst die verdammte Tür«, herrschte sie mich an. Ich gehorchte sofort und trat über die Schwelle.

»Mama, ich ...«

Sie hob nur die Hand. Ich sollte still sein.

Du bist unerwünscht, hörte ich die Stimme in meinem Kopf flüstern. Sie will dich nicht hierhaben. Sie hat dich noch nicht einmal angesehen.

Ich konnte nichts dagegen erwidern, denn Mutters Augen waren starr auf den Bildschirm gerichtet. Die Handbewegung, welche die Zigarette zu ihrem Mund führte, war so automatisch, dass sie auch darauf nicht mehr achten musste. Sie war sowieso viel zu gebannt von den Intrigen und Leidenschaften der Telenovela, die gerade lief. Sie zog an der Zigarette und ließ die Asche in einen Aschenbecher auf ihrer Bettdecke fallen. Sie machte eine Handbewegung, um mir zu bedeuten, dass ich mich hinsetzen sollte. Ich nahm auf dem Boden Platz und schaute mir eine Weile die Telenovela mit ihr an. Wie sie hieß und worum es ging, wusste ich nicht. Das Leben dort war farbiger als in der echten Welt. Die Menschen sahen alle perfekt aus: mit vollem Haar, makellosen Körpern und strahlenden Augen. Und in ihrer Welt war immer etwas los. Sie stritten, sie liebten, sie hassten, sie versöhnten sich.

Eine junge Frau mit blondem, gewelltem Haar hatte sich eben aus ihrem Grab befreit, in das sie die Intrige ihrer Konkurrentin gebracht hatte. Trotz der Mühe, die es sie gekostet haben mag, war ihr Make-up perfekt und sogar die Kratzer, Blut- und Dreckflecken komplettierten ihre traumhafte Erscheinung.

In der nächsten Szene sah man einen alten wohlhabenden Herrn im Anzug, der sich einem großen, sehr schlanken jungen Mann näherte, der gedankenverloren aus dem Fenster in die Nacht hinausstarrte. Der Alte legte seine Hände auf die Hüfte des Jüngeren, beugte sich vor, küsste seinen Hals und flüsterte ihm etwas ins Ohr. Bei allem, was der Alte tat, zeigte sich eine Mischung aus Anspannung und Ekel im Gesicht des jungen Mannes.

Etwas später sah man zwei Verliebte, die sich mit Tränen in den Armen lagen, als sie nach tausend Widrigkeiten endlich wieder vereint waren. Er, der erfolgreiche Geschäftsmann, sie, seine liebreizende Sekretärin.

Und genau das war die Lösung der ganzen Telenovela. *Finde deine Liebe, und all deine Probleme lösen sofort sich in Luft auf.* Nichts musste aufgearbeitet werden, alles war von einem Augenblick zum nächsten vollkommen richtig.

»Schau dir diese Kostüme an«, sagte sie und zeigte auf den Bildschirm. »Sie sind langweilig, nicht gut ausgedacht und haben keinerlei Konzept.«

Ah, die Schneiderin kam zum Vorschein. Meine Mutter hatte früher in einer großen Firma gearbeitet und war berühmt für ihre klugen und kreativen Ideen. Ich war noch ein Kleinkind, als sie dort gearbeitet hatte. Ich erinnerte mich kaum an die Zeit. Ich wusste nur die Dinge, die man mir erzählt hatte.

Aber ich erinnerte mich daran, wie meine Mutter mich früher in den Keller gesperrt hatte, wenn ich meine Kleidung, die sie mir mühevoll genäht hatte, kaputt, dreckig gemacht oder in ihren Augen nicht mit angemessenem Respekt behandelt hatte.

Schlimmer war allerdings, wie sie mich angesehen hatte, wenn ich die Sachen ordentlich getragen und Komplimente bekommen hatte. Einmal waren wir auf einer Familienfeier gewesen. Damals war ich vier Jahre alt und trug eines der Kleider, die meine Mutter für mich genäht hatte. Es war ein bordeauxrotes, glänzendes Kleid aus weichem Satin mit weißem Kragen. Der Stoff fühlte sich kühl auf der Haut an. Die Tanten umringten mich und bewunderten mich wie eine seltene Sammlerpuppe. Sie überschütteten mich mit Zuneigung und Komplimenten. Wie süß und entzückend ich sei. Wie sehr das Kleid zu meinen Augen und der hübschen Flechtfrisur passte und seine Farbe mir schmeichelte. Ich konnte mich jedoch nicht darüber freuen. Im Gegenteil, ich fühlte mich miserabel, denn ich spürte den verurteilenden Blick meiner Mutter wie Säure auf meiner Haut.

Ich hatte nie herausgefunden, warum meine Mutter es nicht ertragen konnte, wenn die Tanten mir ihre Aufmerksamkeit schenkten.

Plötzlich war mir, als wäre ich in einer anderen Welt. Die Luft war schwer und drückend. Als hätte man den Raum mit Lilien gefüllt und tagelang nicht gelüftet. Durch den Zigarettenqualm brannten mir die Augen. Doch die rote Tapete mit dem Arabeskenmuster, die mir jetzt besonders hässlich vorkam, biss sich durch meine Augen ins Hirn und hinterließ einen schlimmeren Brandfleck als die Zigaretten in Mutters Bett.

Ich rieb meine Augen. Sie brannten, und ich sah alles nur noch durch einen grauen Schleier. Wie immer dichter werdender Nebel breitete sich der Qualm im ganzen Raum aus. Es roch nach Asche, Nikotin und abgestandenem Rauch. Palmen, Monstera, Bambus, Kletterfeigen, Oleander und andere Grünpflanzen schossen in die Höhe, ihre Blätter wurden größer und immer dichter. In kürzester Zeit verwandelte sich das rote Zimmer meiner Mutter in einen üppigen Urwald. Rauchschleier waberten wie Nebel durch ihre riesigen Wurzeln, die sich aus ihren Stein- und Erdgefängnissen befreit hatten. Aus dem Urwald kamen verschiedene Stimmen. Weibliche und männliche. Sie waren kaum zu unterscheiden. Ich hörte Lachen und Stöhnen. Gelegentlich erhaschte ich einen Blick auf Figuren, die ich aus der Telenovela kannte: der alte und der junge Mann, das Liebespaar, die Wiederauferstandene. Sie tanzten orgiastisch mit unmenschlichen Bewegungen, verrenkten sich, schmiegten sich aneinander und verschmolzen. Es schien, als würden sie um einen Altar tanzen, auf dem ein besonderer Gegenstand lag. Sie beteten ihn an, wie man einst das Goldene Kalb angebetet hatte. Es war eine Holzschatulle, soweit ich das beurteilen konnte.

Das Atmen fiel mir zunehmend schwerer. Die Temperatur im Zimmer stieg stetig, und zu dem Qualm hatte sich eine Schwüle gesellt, die schwer auf mir lastete. Es fühlte sich tropisch an, und feine Tropfen bildeten sich auf meiner Haut und auf den Blättern der Pflanzen. Mir war schwindelig, und der Raum wurde immer kleiner, als würden die Wände enger zusammenrutschen. Als würden die Figuren durch ihren Tanz immer mehr Platz einnehmen, der mir verloren ging. Zwischen dem kehligen Stöhnen durch Tanz und

Hitze hörte ich die Stimme meiner Mutter, donnernd, grölend, als wäre sie die Gottheit, die die Figuren anbeteten. Sie spulte ihre Weisheiten ab, die ich fast mein ganzes Leben lang von ihr gehört hatte: »Die Welt hält nicht, was sie verspricht. Man wird nur unweigerlich enttäuscht. Das Leben ist nicht fair. Glaubst du wirklich, dass du es besser haben könntest? Ausgerechnet du?«

Ich hielt es hier nicht mehr aus.

»Ich muss gehen«, wimmerte ich, »ich muss hier raus.«

Ich rappelte mich auf und stützte mich an der Wand ab, während ich versuchte, mich zur Tür zu kämpfen, bis ich dachte, ich würde gleich zusammenbrechen, wie eine Mähre, die sich nicht mehr auf den Beinen halten konnte. Ich schloss die Augen, um den Schwindel zu bekämpfen, aber trotzdem fühlte ich mich, als würde ich mich auf einer Drehscheibe befinden, die sich unermüdlich bewegte. Doch als ich die Augen öffnete, war der wundersame Urwald verschwunden, und ich sah Mutters rotes Zimmer, wie es wirklich war.

Das Zimmer wurde sonst nur von dem massiven Kirschholzbett und dem dunklen Kleiderschrank dominiert. Die schweren, dunklen Samtvorhänge waren zugezogen. Sonnenlicht war hier nicht erwünscht. Gegenüber dem Bett stand der Fernseher. Er war der einzige Gegenstand im Raum, der lebendig wirkte. Es lief eine Telenovela. Sie war fürchterlich dramatisch und knallbunt. Das Zimmer war zweckmäßig eingerichtet. Es gab nichts Überflüssiges oder Schönes hier. Keine persönlichen Dinge, keinen Teppich, keine Pflanzen. Das Zimmer war dunkel und schwerfällig. Von der Mitte der Decke hing ein billiger Kronleuchter aus rosarotem Plastik, an dem nur drei der fünf Glühbirnen leuchteten. Sogar der dunkle barocke Schminktisch mit den aufklappbaren Spiegeln war weniger dekorativ als nützlich.

Einen Augenblick dachte ich über ihre Worte nach. Warum ich? Es stimmte, vieles im Leben konnte schiefgehen. Nicht aus jedem Kampf ging man siegreich hervor. Aber das musste man auch nicht. Wir waren die Summe all unserer Erinnerungen. Der guten und der schlechten. Wir konnten nur sein, indem wir etwas wagten. Als ich meine Mutter anblickte, sah ich eine gebrochene Frau, die ihre Träume begraben und sich selbst eingesperrt hatte in diesem zwanzig Quadratmeter großen Zimmer. Sie erwartete nichts mehr vom Leben und das Leben nichts mehr von ihr. Die Figuren der Telenovela waren lebendiger als sie. Sie schienen von ihrem Leben zu zehren. Meine Mutter lebte nicht mehr, sie war nur da, wie eine Fotografie, die mit der Zeit rissig und fleckig wurde, ausblich und bald keinen Kontrast mehr besaß. Früher war sie eine sehr schöne, stolze und willensstarke Frau mit Wünschen, Träumen und Hoffnungen gewesen. Heute war nur noch ein Schatten davon übrig. Sie verließ nie ihr Zimmer und verblasste dort ebenso wie die Tapete an der Stelle, auf die die Sonnenstrahlen trafen. Sie war nichts weiter als eine Erinnerung. Ich wusste, dass ich genauso werden würde, wenn ich jetzt nicht etwas dagegen unternähme. Sicher, es könnte schiefgehen. Aber es könnte ja auch gut gehen, oder nicht? Ihre Welt sah so etwas nicht vor. Vielleicht auch einfach nicht mehr. Meiner Mutter waren die Antworten ausgegangen, deshalb versteckte sie sich hier. Wie viel Kummer sie durch ihren eigenen Traum ertragen musste …

Ich hörte gedämpft die Stimme meiner Mutter: »Geh nur. Lass mich hier nur allein.«

Ich schleppte mich die letzten Schritte zur Tür, als ich mit meinem linken Fuß gegen etwas stieß und es mit einem Quietschen kurz über den Boden rutschte. Es war die Holzschatulle, die ich eben gesehen hatte. Ich hob sie auf und nahm sie an mich.

»Gute Nacht, Mama«, wisperte ich und zog mich aus ihrem Zimmer zurück. Sie schaute immer noch nicht auf, als ich den Raum verließ und einen Blick zurückwarf. Sie lag wie angewurzelt in ihrem Bett, die glimmende Zigarette zwischen ihren Fingern, die rot gestreifte Tapete hinter ihr blätterte von oben ab.

Rückblick

Gretel lief den Flur auf und ab, dann blieb sie stehen und nahm den Hörer des Festnetztelefons ab, wählte eine Nummer und legte wieder auf. Sie lief wieder den Flur auf und ab. Dann straffte sie die Schultern, ging erneut zum Telefon und wählte.

»Hallo, Mama«, sagte Gretel, als ihre Mutter den Anruf entgegennahm. Diese antwortete nicht gleich. Gretel konnte hören, wie ihre Mutter schluckte und dann ein Glas abstellte.

»Margarethe«, grüßte sie in einem beiläufigen Ton. »Was willst du?«

Gretel räusperte sich. Sie musste all ihren Mut zusammennehmen. Sie durfte nicht stottern, um kein Zeichen von Schwäche zu zeigen. Sie nahm einen tiefen Atemzug, ehe sie sagte: »Mama, ich weiß nicht mehr weiter … Ich …« Plötzlich entfuhr ihr ein Schluchzer, obwohl sie sich bemüht hatte, ihn zu unterdrücken.

»Hast du es jetzt also geschafft, ja?«

Gretel schluchzte auf. »Was?«

»Hat es nicht gereicht, dass du bei deinem Job rausgeworfen wurdest?«

»Das waren Einsparungen«, versuchte Gretel zu widersprechen.

Aber ihre Mutter redete weiter: »Und dein Mann mit einer anderen schläft?«

Gretel liefen Tränen über die Wangen, die wie Säure auf ihrer Haut brannten.

»Spiel jetzt nicht das Opfer, Margarethe. Weißt du, was dein Vater und ich alles für dich getan haben? Welche Möglichkeiten wir dir eröffnet haben? Und du wirfst alles hin. Karriere weg, Mann weg. Kannst du dir eigentlich vorstellen, was ich mir schon alles anhören musste? Von Freunden, Verwandten, Nachbarn? Denkst du eigentlich einmal an uns?«

»Franz ist weg«, brach es aus Gretel heraus, ehe sie nur noch weinen konnte. Sie meinte sogar, das Kopfschütteln ihrer Mutter hören zu können.

»Herrje, Margarethe. Ich muss jetzt los«, sagte ihre Mutter und legte auf.

Gretel ließ den Hörer sinken und ging in ihr Schlafzimmer. Dort legte sie sich ins Bett, zog die Decke über sich und schaltete den Fernseher ein.

~~~

Zum Frühstück saß ich mit meinem Vater am Küchentisch. Nachdem er eine Scheibe Graubrot mit Margarine und Leberkäse gegessen hatte, trank er seinen schwarzen Kaffee. Vor mir stand ein Glas Orangensaft und eine Schüssel

Müsli. Mit meinem Löffel stocherte ich darin herum, bis ich meinen Vater ansah und fragte: »Papa, ist Mama eigentlich glücklich?«

Er verschluckte sich an seinem Kaffee und hustete.

»Wie kommst du denn auf diese Frage?«, brachte er zwischen seinem Hustenanfall hervor.

»Ich hatte nur darüber nachgedacht. Ich kann mich nicht einmal erinnern, wann wir Besuch von ihrer Familie hatten. Großmutter wohnte zwar neben uns, aber hier gesehen habe ich sie nie.«

Bedächtig nickte mein Vater, ehe er sagte: »Du weißt eh, deine Großmutter war eine strenge Frau. Sie schlug ihre Kinder mit allem, was sie in die Hände bekam. Kochlöffel, Gürtel, Nudelholz … Deine Mutter hat sehr darunter gelitten. Die Karin, deine Großmutter, erwartete viel von ihren Kindern und war nie zufrieden. Hat sich wohl gelohnt: Der eine Sohn ist Arzt, der andere Richter, die Schwester Ingenieurin, die andere Steuerberaterin. Als deine Mutter Schneiderin werden wollte, war die Karin natürlich sehr ungehalten.« Er nahm einen weiteren Schluck Kaffee und bekam plötzlich einen verträumten Blick. »Hat die Gretel aber nicht aufgehalten. Da hat sie schon immer ihren eigenen Kopf gehabt. Als die Firma, warte mal, die hieß … Vallander, die hatte dann finanzielle Probleme. Dann haben sie die Gretel entlassen. Die Karin hat's ihr dann immer vorgeworfen, dass sie selbst daran Schuld hätte. Und als dann der Franzl …«

»Was war mit Franz?«, hakte ich nach, nachdem er nicht mehr weitererzählte.

»Nichts«, erwiderte er in einem Ton, der mir signalisierte, dass das Gespräch nun vorbei war. Und da duldete er keinen Widerspruch. Seine Mimik wirkte versteinert, sein Blick war hart.

»Wie nichts?«

Er schlug mit der flachen Hand auf den Tisch. »Es reicht jetzt, Hedwig! Du bringst nur Unruhe rein!«

Wenn man den Topf nicht umrührt, kocht der Brei über, schoss es mir durch den Kopf. Aber wollte ich das? Wollte ich wirklich, dass der Status quo dieser Familie aufrechterhalten blieb? Ich würde ja durch mein *Umrühren* dafür sorgen, dass alles weiterläuft wie bisher. Nur eben wieder geschmierter. Oder war es die falsche Vorgehensweise und ich selbst war der Brei? Musste *ich* etwa darauf achten, nicht überzukochen und mich selbst rechtzeitig von der Herdplatte ziehen, um mich zu retten?

Ich beobachtete, wie mein Vater aufstand und sein Geschirr zur Spüle brachte.

»Ich hoffe, dass ...«, begann ich, ehe er mich ruppig unterbrach.

»Hoffnung ist die Wiese, auf der die Narren grasen«, sagte er, und es klang resigniert. Als ob er schon alle Hoffnung aufgegeben hatte.

Isabel und ich saßen auf der Couch in meinem Zimmer und sahen uns die Holzschatulle genauer an. Es war eine massive, dunkle Kiste aus Walnussholz. Auf dem Boden der Kiste war eine Jahreszahl, 1879, eingeschnitzt.

»Wow, das ist ganz schön alt«, sagte ich beinahe ehrfürchtig.

»Ein Familienerbstück?«, fragte Isabel.

Ich zog eine Grimasse. Meine Art, um zu sagen, dass ich keine Ahnung und nicht mal eine Vorstellung hatte.

Die Schatulle war aufwendig gearbeitet, mit Schnörkeln und Arabesken, in den Deckel war ein Bild der Mutter Maria mit Kind geschnitzt. Zudem war der Deckel in einen Messingrahmen eingefasst. Das Metall war schon trüb und dunkel geworden. Das Schloss an der Vorderseite war ebenfalls aus Messing und fein ziseliert.

»Ohne Schlüssel kriegen wir die Schatulle nicht auf. Also, wenn wir sie nicht kaputt machen wollen.« Isabel machte eine Pause und dachte nach. »Sag mal«, fing sie an. »Wo ist die Taschenuhr?«

»Die Taschenuhr?« Ich stand auf, um die Uhr von meinem Schreibtisch zu holen.

»Weißt du noch den Bobbel, über den wir uns gewundert hatten? Vielleicht ist das eine Öffnung zu einem Fach?«

»Du meinst, es ist ein Druckknopf?«, fragte ich, ehe ich nickte. Klang auf jeden Fall vernünftig. Ich versuchte, den Druckknopf zu drücken, zu ziehen und zu verschieben. Dann sprang ein Fach auf. Darin lag ein sehr kleiner, zierlicher Schlüssel. Ich schüttelte ihn heraus und steckte ihn ins Schloss.

»Er passt«, sagte ich, als das Schloss der Schatulle aufsprang. Ich öffnete die Kiste, während Isabel mir neugierig zusah. Die Kiste war innen mit dunkelrotem Samt ausgeschlagen. Darin lagen Fotografien und ein schlichtes, in Leder gebundenes Buch.

Zuerst nahm ich die Fotos heraus und sah sie mir gemeinsam mit Isabel an. Darauf waren die Eltern und die Geschwister von unserer Mutter. Auf manchen Bildern war sie auch abgelichtet. Warum hatte sie die Fotografien versteckt?

Ich nahm das Buch zur Hand und warf einen Blick hinein.

»Ihr Tagebuch«, sagte ich zu Isabel. Ich wusste, dass ich eigentlich nicht die Eintragungen meiner Mutter lesen sollte. Privatsphäre und so. Eigentlich. Die Hemmung hatte ich allerdings verloren, nachdem ich die Briefe meines Vaters gelesen hatte. Ich zögerte jetzt zwar, aber auf Isabels drängender Handbewegung, ich solle doch jetzt endlich vorlesen, antwortete ich nicht mit Widerspruch. Ich räusperte mich und las vor:

5. Februar

Christiane hat schon wieder ihr Versprechen gebrochen! Sie hatte hoch und heilig geschworen, für mich da zu sein, aber wie immer war alles andere wichtiger. Früher waren es ihre Freundinnen, später ihr Mann, jetzt ist es ihre Arbeit. Schon wieder hat sie mich versetzt. Sie hat nicht mal Bescheid gegeben. Nach einer Stunde habe ich sie angerufen. Es wäre ihr entfallen, aber es ginge jetzt gar nicht. Arbeit, Arbeit, Arbeit. Nie ist sie für mich da!

Ich blätterte einige Seiten weiter.

11. Januar

Wie hätte es auch anders sein können? Natürlich hat sich Harry wieder mit unseren Eltern verbündet und natürlich gegen mich! Und alles, was die Eltern sagen, ist: »Der Harald hat halt ein anständiges Regelbewusstsein.« Ich sag, Harry will sich nur profilieren. Da komm ich ihm als Sündenbock ja gerade recht. Selbst nach vierzig Jahren hat sich daran nichts geändert. Harry, der große Richter! Ha, eine Petze ist er! Weiter nichts!

Ich schlug die nächste Seite auf.

7. November

Meine Mutter hatte recht! Ich bin eine schlechte Mutter! Ich bin ein wertloses Nichts! Ich bin dafür wohl einfach nicht geschaffen. Franz ist ausgezogen. Er hat sich nicht einmal verabschiedet. Er ist aus dem Haus geschlichen. Ich habe doch alles für ihn getan! Aber es hat wohl nicht gereicht.

Meine Mutter hatte recht. Beim Essen hatte sie mich wieder mit Angelika und Christiane verglichen. Natürlich sind die zwei viel bessere Mütter und das, obwohl sie Vollzeit arbeiten und Überstunden machen. Warum könne ich nicht sein wie meine Geschwister? Erfolgreich, ordentlich, angesehen, eine gute Mutter, gut situiert, glücklich verheiratet? Und was haben die zwei dazu gesagt? NICHTS! Und meine Brüder? NICHTS! Genauso wie früher! Ich will die alle nie wiedersehen!

Ein paar Seiten weiter fand ich diesen Eintrag:

3. Juni

Mutter ist gestorben. Zehn Jahre hat sie Vater überlebt. Zehn Jahre, in denen sie und ich kein Wort mehr miteinander gewechselt hatten, obwohl sie gleich nebenan wohnte. Ohne Vater war sie völlig außer Kontrolle. Obwohl er nichts zu sagen hatte, schien er einen beruhigenden Einfluss auf sie gehabt zu haben. Seit er weg war, wurde sie richtig bösartig. Haben zumindest die anderen erzählt. Ich selbst hatte seit der Beerdigung meines Vaters nicht mehr mit ihr gesprochen.

Mutter hinterlässt uns zwei Immobilien und 250 000 Schilling. Es gibt kein Testament. Aber Angelika meint, ich hätte keinen Anteil am Erbe verdient. Ich weiß nicht, wie sie es geschafft hat, aber Christiane und Harry sehen es genauso. Und Martin? Der hält sich raus und unterstützt so die anderen.

»Was hältst du davon?«, fragte mich Isabel und gab meinem Gedankenkarussell den Impuls, sich zu drehen. Ich dachte nach. Hatte Freud nicht gemeint, dass das Unbewusste einen großen Einfluss auf einen Menschen hat? War es in Wahrheit Mutters tiefster Wunsch, so zu werden? Aus Erzählungen wusste ich, dass meine Mutter schon sehr früh mit dem Nähen angefangen hatte. Sie hatte sogar für ihre Puppen neue Kleidung entworfen und geschneidert. Sie hatte dafür gesorgt, dass ihre Puppen gut aussahen.

Als Erwachsene machte sie das immer noch. Ihre Firma hatte von ihren Fähigkeiten profitiert. Und dadurch, dass meine Mutter im Vergleich zu ihren Geschwistern schlechter abschnitt, wie es Großmutter meinte, glänzten diese umso mehr.

Ich hatte mich bei Isabel entschuldigt. Alles, was ich eben erfahren hatte, musste ich erst einmal sacken lassen. Ich würde ein Schaumbad nehmen, um mich zu entspannen. Das war alles, woran ich noch denken konnte. Meine Glieder waren steif, mein Nacken verspannt. Ein Bad würde mir bestimmt guttun. Ich legte eben meine Hand auf die Türklinke des Badezimmers, als ich meinen Vater von der Küche aus rufen hörte: »Hedwig! HEDWIG!«

Ich hatte keine Lust, die Treppe hinunterzugehen. Außerdem: Wenn er brüllen konnte, dann konnte ich das auch. »WAS?«, schrie ich hinunter.

»KOMM RUNTER! WIR MÜSSEN *HMPF* MACHEN!«

Ich hatte nicht verstanden, was wir machen müssen, aber es war auch nicht wichtig. Ich brauchte jetzt Zeit für mich und ein Bad. »JETZT NICHT. DAS ERLEDIGEN WIR SPÄTER!«

Ich hörte ihn noch schimpfen und grollen, aber es kümmerte mich nicht. Ich ging ins Bad und verschloss die Tür. Danach füllte ich die Wanne mit warmem Wasser und gab einen Badezusatz hinein. Gleich darauf breitete sich ein wunderbarer Geruch nach Lavendel im Raum aus. Als ich mich nackt in die Wanne gleiten ließ, spürte ich, wie die Anspannung nachließ. Das Wasser umfing mich in seiner Wärme und Weichheit, und nichts konnte mir etwas anhaben.

Ich lächelte, denn zum ersten Mal hatte ich meinen Eltern eine Grenze gesetzt. Zumindest meinem Vater. Ich hatte Nein gesagt. Und das fühlte sich gut an.

Der spukende Zinnsoldat

Während ich auf meiner Couch saß, dachte ich über alles nach, was ich in der letzten Zeit über meine Eltern erfahren hatte. Meine Mutter allein gegen ihre Familie. Eine dominante Mutter, ein introvertierter, passiver Vater, der sich nicht einmischte, und Geschwister, die sich profilierten, indem sie meine Mutter schlecht dastehen ließen. Mein eigener Vater, der sich in eine andere Frau verliebt hatte, diese Liebe aber nicht ausleben konnte. Er war bei uns geblieben, obwohl er das – wie ich glaubte – nicht wirklich wollte. Er nahm seine Pflichten als Familienvater zwar wahr, hatte jedoch nie Verantwortung für sich und seine Gefühle übernommen.

Leider war mir bis jetzt noch nicht klar geworden, welche Schlüsse ich daraus ziehen könnte oder sollte. Was hatte das mit mir zu tun? Als mir von dem Gedankenkarussell schwindlig wurde, konzentrierte ich mich nur noch auf einen Gedanken: Zeit, mal wieder aufzuräumen. Also sammelte ich alle Gläser und Tassen, Schüsseln und Teller ein und brachte sie in die Küche. Danach sortierte ich alle Kleidungsstücke, die überall im Zimmer verstreut lagen, und verstaute sie im Schrank. Ich machte mein Bett, schüttelte die Kissen auf meiner Couch auf und faltete die Decke zusammen. Schon war mir um einiges wohler, und ich konnte frei atmen. Jetzt schaffte ich Ordnung auf meinem Schreibtisch, auf dem meine Zeichnungen verstreut lagen. Während ich die Blätter sorgfältig aufeinanderlegte, sah ich mir einige Bilder genauer an.

Auf einem Blatt hatte ich ein Dornröschen gezeichnet, das in einem Bett aus Tüll und Rosen lag. Die schlafende Schönheit trug ein besticktes Oberteil mit einem Tutu-Rock und helle Spitzenschuhe wie eine Ballerina. Ihre Beine waren überkreuzt.

Auf einem anderen Blatt hatte ich mich an einer Aktzeichnung versucht. Die nackte Frau mit dem schwarzen Haar und einer Schlange, die sich um ihren Körper hinaufwand, war eine Mischung aus der biblischen Eva und Schneewittchen. Sie stand in einem Garten mit Apfelbäumen, während im Hintergrund Schneeflocken herabfielen. Sehnsüchtig betrachtete sie den halben Apfel in ihrer Hand, aus dem ein Tropfen Blut hervorquoll.

Das dritte Bild, das ich mir länger ansah, war eine Zeichnung der Wiener Kunstakademie. Das imposante Gebäude im Stil der italienischen Renaissance war eingerahmt von zwei Bäumen mit buschigen Blattkronen. Diese Zeichnung hatte ich vor Jahren nach einer Fotografie der Akademie aus dem Internet angefertigt. Seitdem träumte ich davon, auf diese und keine andere Akademie zu gehen.

Ich beschloss, diese drei Bilder aufzuhängen. Mit Reißzwecken pinnte ich sie an die Wand. Eine Weile schaute ich sie mir an und ließ sie auf mich wirken, wie ein Museumsbesucher, der sich auf einer Bank niedergelassen hat, um die gewaltigen Kunstwerke der alten Meister zu studieren. Ich musste zu lange hingesehen haben, denn meine Augen spielten mir plötzlich Streiche. Während ich meine Zeichnungen betrachtete, veränderten sie sich. Zuerst wandelten sich die Farben, dann die Gesichter der Figuren. Das Dornröschen schlug die Augen auf, die schneeweiße Eva mit dem ebenholzschwarzen Haar lächelte verführerisch. Dornröschen, das eben noch geschlafen hatte, tanzte nun durch das Bild wie eine Ballerina und vollführte Pirouetten, Arabesquen und Pliés, sie tanzte, drehte sich und sprang. Eva biss genüsslich in die Apfelhälfte und lachte, während sie mit einem Fuß auf der Schlange stand. Es war keine bösartige Szene, sondern eine fröhliche. Als ob sie ihre Fesseln losgeworden war und nun das Leben genoss. Die Akademie, die wie ein Berg gefestigt auf ihrem Platz stand, als ob kein Sturm sie beugen könnte, begann zu zittern. Ein Riss, der zu einem Spalt anwuchs, brach die Straße vor der Akademie auf und daraus entstieg eine Figur. Sie sah aus wie eine Mischung aus meiner Schneewittchen-Eva und der Dornröschen-Ballerina. Und als ich zurück auf die anderen Zeichnungen sah, waren die Frauen darauf verschwunden.

Es knarrte. Als würde ein Windhauch durch den Schrank gehen und die Türen anstoßen. Ich blickte vom Schreibtisch aus zu meinem Schrank, aber er stand geschlossen da wie ein Zinnsoldat. Ich schaute zurück auf meinen Zeichenblock, auf dessen Seite zwei große runde Augen aus einem schwarzen Dickicht aus Pflanzen und Büschen weiß herausleuchteten.

Es knackte und ächzte. Ich blickte wieder zu dem bewegungslosen Zinnsoldaten, aber er stand geschlossen da.

Nachdenken, ermahnte ich mich. Holzmöbel machten Geräusche.

»Holz lebt«, hatte Franz immer gesagt. »Holz lebt, atmet und bewegt sich. Und Dinge werden alt.« Genauso wie die

Schrauben des Schrankes. Vielleicht hielten sie das Gewicht der Bretter und Latten nicht mehr so wie in jungen Jahren. Vielleicht hatte sich auch einfach die Raumtemperatur geändert, was zum Ausdehnen oder Zusammenziehen des Holzes geführt hatte.

Alles natürlich, beruhigte ich mich. Nichts, um sich Sorgen zu machen.

Ich nahm den schwarzen Kohlestift wieder in die Hand und korrigierte Licht und Schatten in meiner Zeichnung.

Es rumpelte im Schrank. Plötzlich öffneten sich die Türen mit einem knarzenden Geräusch. Ein großer Karton fiel heraus.

Dann blieb alles stehen. Die Erde drehte sich nicht mehr. Mein Körper arbeitete nicht mehr. Kein Lufthauch ging durch mich hindurch, kein Muskelzucken hielt das Herz am Laufen, kein Reiz fand seinen Weg durch die Nervenbahnen. Auch als mein Verstand zu begreifen schien, dass nichts weiter passierte, nachdem der Karton aus seinem hölzernen Gefängnis ausgebrochen war, starrte ich wie gelähmt zu meinem Schrank. Ein blitzartiger Schauer ging durch meinen Körper. Angefangen von meiner rechten Schulter wanderte der Schauer in meine Zehenspitzen und dann wieder hoch bis zu meinem Kopf. Obwohl das im Bruchteil einer Sekunde zu passieren schien, hatte ich das Gefühl, dass die Zeit langsamer verging. Ich konnte die Reise des Schauers miterleben und seinen Weg verfolgen. Mein Kopf war zu keinem Gedanken imstande. Es gab nur noch den Schauer und den Weg, den er zurücklegte.

Es kostete mich einige Anstrengung, meinen Kopf nach rechts zu drehen, um herauszufinden, was den Ruck verursacht hatte. Dann atmete ich erleichtert aus. Es fühlte sich an, als hätte ich eine Ewigkeit die Luft angehalten.

»Isabel«, seufzte ich.

»Sag mal, was ist denn los mit dir?«, fragte sie mich und streichelte meinen Arm. »Und warum ist der Karton hier?«

»Ich ... Ich ...«, stotterte ich. Ich verstand nicht, was eben passiert war. Wie sollte ich Isabel erklären, was mit mir war? Was mit dem Karton war? Ich verstand es ja selbst nicht. Gerade war ich nur froh, dass mein Körper funktionierte: Meine Lunge füllte sich mit Sauerstoff, sie dehnte sich aus und zog sich wieder zusammen, mein Herz pochte, meine Muskeln zitterten, mein Gehirn verarbeitete Gedanken und Gefühle.

»Ich weiß nicht«, fing ich erneut an. »Der Karton ist einfach aus dem Schrank gefallen ...«

»Einfach aus dem Schrank gefallen?« Isabel tippte sich mit dem Zeigefinger auf ihre Unterlippe. »Sollen wir mal schauen, was drin ist?«

Ich wollte widersprechen, doch das ließ Isabel nicht zu. »Komm schon«, sagte sie aufmunternd.

Ihr Enthusiasmus brachte mich zum Lachen. »Also gut«, erwiderte ich. »Lass uns gucken.«

Wir setzten uns vor den Karton. Ich fühlte die raue Oberfläche der Pappe, spürte, wie sie in meine Fingerkuppen biss. Der Karton war warm. Von der Anstrengung, die er unternehmen musste, um aus dem Schrank zu kommen? Wessen Hand hatte die Kiste gerade noch gehalten?

Ich musste sie nicht öffnen, um zu wissen, was in ihr war. Obwohl ich den Karton schon sehr lange nicht mehr hervorgeholt hatte, beschlich mich das gleiche Gefühl wie damals, als ich ihn weggeräumt hatte.

»Na, los«, drängte Isabel. »Mach ihn auf.«

Ich öffnete den Karton und holte Kunstmaterialien heraus. Ein Deckfarbkasten war dabei. Als Kind hatte ich ihn für den Kunstunterricht in der Schule bekommen.

»Ich erinnere mich, dass Mama ihn mir gekauft hat«, sagte ich. »Es war eines der wenigen Male, wo Mama mit mir einkaufen gegangen ist. Zumindest kann ich mich nicht an viele Male erinnern.«

»Ja, stimmt! Mama hat immer wieder gesagt, wie teuer sie ihn gefunden hat. Und dass du gut darauf aufpassen musst. Sie hätte dir keinen neuen gekauft.«

»Nein«, stimmte ich Isabel zu. »Das hätte sie nicht.«

Ich öffnete den Kasten und sah auf fast leere Farbschälchen, deren Farbreste alle einen matschigen Braunton angenommen hatten. Das Deckweiß, das sich als zusammengedrückte Tube noch im Kasten befand, musste mittlerweile auch ausgetrocknet sein.

Wehmütig hielt ich den Deckfarbenkasten in den Händen. Ich hatte keine schönen Erinnerungen daran. Im Unterricht hatte ich ständig Angst davor, dass ich die Farben zu verschwenderisch verwendete, sodass sie bald aufgebraucht wären. Aber Spaß an der Malerei mit Wasserfarben hatte ich damals nicht gehabt und hatte sie bis heute nicht.

»Weg damit?«, versuchte Isabel meine Gedanken zu erraten.

Ich schloss den Kasten und warf ihn in den Müll. Dann lächelte ich: »Weg damit!« Mir gefiel die Idee des Aussortierens und Ordnungschaffens. Ich schaute wieder in den Karton und holte Aquarell- und Ölfarben heraus, dann ein großes rotes Metalletui mit Buntstiften in allen Farben des Regenbogens und eine ungeöffnete Schachtel mit Rötelkreiden. Diese Sachen hatte ich oft zu Geburtstagen oder zu Weihnachten von Freunden bekommen, obwohl ich sie mir nicht gewünscht hatte. Ich hatte mich immer schlecht gefühlt, wenn ich diese Dinge gesehen hatte. Es tat mir unendlich leid, dass ich so undankbar war. Aber es verletzte mich auch, dass meine damaligen Freunde, die wussten, dass ich nie mit Farben gemalt hatte, trotzdem dachten, ich hätte Freude daran. Bis heute wusste ich nicht, wie man mit diesen Farben arbeitete.

Seit ungefähr zwanzig Jahren waren sie in dem Karton versteckt. Manche einige Jahre mehr, andere weniger. Ich atmete tief durch, bevor ich die Öl- und Aquarellfarben in den Müll warf. Ich würde sie nie benutzen. Da war ich mir sicher.

Als ich die Schachtel mit den Rötelkreiden wegwerfen wollte, hinderte mich etwas daran. Ich öffnete die Schachtel und sah mir ihren Inhalt an. Es gab Rötelkreidestäbchen und Rötelstifte. Ihre Farbe war ein tiefes rostbraunes Rot, warm und erdig. Ich nahm ein Kreidestäbchen in die Hand. Die vier Ecken des Stäbchens fühlten sich fremd, aber auch richtig an. Ich hatte vor Kurzem Rötelzeichnungen gesehen. Sie hatten ein eigenes Feuer und einen besonderen Zauber.

»Ich glaube«, sagte ich, »die behalte ich.« Dann legte ich die Schachtel auf meinen Schreibtisch. Ich warf einen Blick auf das Etui mit Buntstiften. »Das behalte ich auch«, beschloss ich feierlich und legte das Etui zu der Schachtel.

Jetzt war ich dankbar. Ich dachte an meine Freunde, die mir diese Stifte und Kreidestäbchen geschenkt hatten. Der Kontakt war schon vor langer Zeit abgebrochen. Aber ich würde mich an sie erinnern.

Als ich wieder in den Karton griff, spürte ich etwas sehr Weiches. Ich zog es heraus. Es war ein dunkelblauer Sweater mit Rundhalsausschnitt. Er hatte früher Franz gehört. Er hatte ihn damals eigentlich wegwerfen wollen, da er ein paar Löcher hatte und die Naht an manchen Stellen schon aufging. Es war sein Lieblingspullover gewesen. Stellte ich mir heute Franz vor, sah ich ihn immer in diesem Sweater. Ich hatte ihn damals aus dem Müll genommen, gewaschen und aufbewahrt. Nachdem Franz fortgegangen war, hatte ich den Sweater oft getragen und mir vorgestellt, dass mein Bruder bei mir war.

Mit diesem Sweater hatte ich hier nicht gerechnet.

»Wie kommt der in den Karton? Ich hatte ihn doch zusammengelegt und im Schrank verstaut. Ganz hinten links, da bin ich mir ganz sicher«, flüsterte ich. Ich wühlte in meinen Erinnerungen, wie eben in dem Karton, und durchsuchte alles. Ich war mir sicher: Diesen Sweater hatte ich nie, niemals in den Karton gepackt.

»Hast du ihn dort hineingelegt?«, fragte ich Isabel.

Sie schüttelte den Kopf. Einige von ihren Locken lösten sich aus ihrem Pferdeschwanz. »Nein, habe ich nicht.«

Wenn nicht ich oder Isabel, wer dann?

Ein Schauer lief mir durch den ganzen Körper und brachte mich zum Frösteln. Ich sah die aufgestellten Haare auf meinen Unterarmen und das Zittern meiner Hände. Für einen Moment saß ich unbewegt da und starrte ins Nichts. Franz' Pullover lag auf meinem Schoß.

Etwas drängte mich, in sein Zimmer zu gehen. Ich spürte einen Ruck, der durch meinen Körper ging, und wollte mich auf den Weg machen, doch eine innere Schranke blockierte meine Muskeln.

»Was machst du?«, fragte Hedwig, als sie durch die offene Tür in das Zimmer ihres Bruders spähte. Franz stand vor seinem Bett, auf dem eine große dunkelbraune Lederreisetasche lag. An manchen Stellen war die Farbe des vollnarbigen Leders bereits abgerieben. Daneben waren Stapel von Jeanshosen, Shirts und Pullover. Zwei Paar Schuhe standen neben dem Bett: Oxfords und Turnschuhe. Franz legte eben eine Handvoll Socken in die Tasche, ehe er sich umdrehte.

»Hedi«, sagte er überrascht. »Ich ... ich packe.«

»Warum? Gehst du weg?« Hedwig sah ihn mit großen Augen an. Wenn Franz tatsächlich wegging, war es das Schlimmste, was sie sich vorstellen konnte. Das durfte einfach nicht sein. Nein, nein, nein, dachte sie, bitte sag, dass das nicht wahr ist.

»Ja«, gab er zu, drehte sich um und packte weiter. Er nahm seinen Tennisschläger vom Bett und musterte ihn eingehend, ehe er ihn unters Bett schob.

»Du lässt mich allein?« Hedwig blickte sich im Zimmer um. Es war aufgeräumt, wie immer. Auf dem Schreibtisch lag ein aufgeschlagenes Buch, daneben ein Collegeblock, darauf ein Zirkel, ein Bleistift, ein Lineal und ein Winkelmesser. Das Bett war gemacht.

Schuldbewusst sah Franz zu seiner Schwester. »Es tut mir leid, Hedi, ich muss einfach weg.«

Das Mädchen konnte es nicht glauben. Wollte Franz ausziehen? Sicher, ihr Bruder war jetzt volljährig und es trennte beide nur sechs Jahre, aber es war doch viel zu früh dafür. Oder verreiste er nur?

»Wo gehst du hin?«, fragte Hedwig.

»Ich weiß nicht. Einfach hier weg. Es ist Zeit für mich zu gehen«, sagte er.

Nachdem Franz alles Nötige gepackt hatte, nahm er die Reisetasche an den beiden Henkeln und ging zur Tür. Hedwig aber versperrte ihm den Weg.

»Aber du kommst wieder?«, fragte Hedwig.

Franz stellte die Tasche ab und ging in die Knie, sodass er auf Augenhöhe mit Hedwig war. »Ich komme bald wieder.«

»Versprochen?«

»Versprochen.«

Mit dem Ineinanderhaken der rechten kleinen Finger besiegelten sie den Schwur.

»Ich komme wieder«, sagte Franz noch einmal. »Dann wird alles gut.«

Es war das Letzte, was Hedwig von ihrem Bruder gehört hatte, ehe er aus ihrem Blickfeld und schließlich auch aus ihrem Leben verschwand. Plötzlich tauchte Isabel neben ihr auf und sah Hedwig mit ihren großen braunen Augen an; in ihrer Hand hielt sie ein kleines Stoffhäschen. Hedwig lächelte sie an, obwohl ihr zum Weinen zumute war. Aber sie durfte jetzt nicht schwach sein. Sie musste doch für Isabel da sein. Also lächelte sie und nahm ihre kleine Schwester an die Hand und ging mit ihr die Treppe hinunter ins Wohnzimmer.

~~~

Der gefallene König

M it einem Betttablett in der Hand balancierte ich die Treppe hinauf. Das war aus zweierlei Gründen schwierig. Nicht nur, dass die Suppe beinahe über den Tellerrand schwappte, ich ekelte mich auch vor den graubraunen Leberknödeln, die in der Brühe mit den Fettaugen schwammen.

»Beeil dich«, hatte mein Vater gesagt, als er mir das Tablett in die Hand drückte. »Deine Mutter mag ihr Essen heiß. Aber dass du nichts verschüttest.«

Nichts verschütten, ging mir bei jeder Stufe durch den Kopf. Nicht die Suppe verschütten, nicht das Gulasch verschütten, nicht das Glas Himbeerschorle verschütten. *Nichts verschütten.*

Vor ihrer Zimmertür klopfte ich mit einem Fuß an. Als ich Mutters »Herein« hörte, drückte ich die Türklinke mit dem Ellenbogen herunter – Bloß nichts verschütten! – und trat ein.

»Ah«, machte meine Mutter und lächelte mich voller Vorfreude auf das Essen an, als sie sich im Bett aufsetzte. Als ich das Betttablett abgestellt hatte, sagte sie liebevoll: »Danke, mein Engel. Setz dich doch eine Weile zu mir. Lass uns zusammen fernsehen.«

Ich setzte mich auf meinen üblichen Platz, auf dem Boden neben dem Bett. Ich erinnerte mich noch gut daran, wie ich als Kind einmal auf ihrem Bett saß und etwas Wasser aus einem Glas verschüttet hatte. Daraufhin verwies sie mich an den »mir zustehenden Platz« – auf den Boden. Seither saß ich nie wieder auf ihrem Bett.

Aber die Erinnerung brachte mich auf eine Frage, für die ich endlich mutig genug war, sie zu stellen.

»Mama«, begann ich.

»Ja, mein Liebling?«, sagte sie, während sie den letzten Löffel Suppe zu sich nahm.

»Was ist mit Franz? Warum ist er gegangen?«

Innerhalb von Sekunden änderte sich ihr Gesichtsausdruck. Ihre Augen waren groß geworden, ihr Kinn war noch nach vorn gereckt, während sie mit leiser und scharfer Stimme sagte: »Weil er ein undankbarer Flegel war. Ich habe so viel für ihn getan und ihn unterstützt, und er ist einfach abgehauen.« Ich hörte ihre Verbitterung, aber das beantwortete nicht meine Frage. Ich wollte nachhaken, aber sie sagte: »Es war alles seine Schuld, nicht meine.« Diesen Satz wiederholte sie wie ein Mantra, bis sie schließlich verstummte. Stattdessen sagte sie dann: »Lass uns die Serie weiterschauen.«

»Das ist einfach nur traurig«, rutschte es mir heraus.

»Was meinst du?«, fragte sie, ohne mich anzusehen.

Ich konnte es nicht länger zurückhalten. Als ob meine unterdrückte Wut, Enttäuschung und Traurigkeit sich zu einem Wesen zusammengefügt hätten, das Besitz von mir ergriff. »Es ist erbärmlich. Du bist erbärmlich. Wann hast du das letzte Mal dein Bett verlassen? Du liegst hier den ganzen Tag und schaust dir diese dummen Telenovelas an, während du dich über die Kostüme der Schauspieler beschwerst und erhaben fühlst, weil du sie so viel besser hinbekommen hättest. Du bist eine Blenderin.«

»Wie nennst du mich?«

»Eine Blenderin. Hattest du nicht immer gesagt, man solle nicht Träumen hinterherjagen? Man würde nur enttäuscht, man solle doch realistisch sein. Ist das hier deine Idee von Realismus? Das hier ist nur traurig. Du reitest ein totes Pferd.«

»Wie redest du denn mit mir? Zeig gefälligst etwas Respekt! Was glaubst du denn, mit wem du redest? Ich bin deine Mutter!« Sie nahm den Teller, in dem vorhin noch die Suppe gewesen war und warf ihn an die Wand. »Ihr habt mich nie geliebt! Ihr habt immer nur von mir genommen! Du und dein nichtsnutziger Bruder. Aber ich sag dir jetzt was. Du kannst gehen! Raus mit dir. Ich habe dir nichts mehr zu sagen! Raus mit dir!«

Ich ging und schlug die Tür hinter mir zu.

»WIR SCHLAGEN HIER KEINE TÜREN ZU«, schrie mein Vater von unten zu mir hinauf, was meine Wut, die ich in mir spürte, nur noch mehr anheizte. Ich wollte es jetzt wissen. Ich musste es wissen.

Ich lief zu meinem Vater hinunter in die Küche. Er saß am Tisch und tippte mit zwei Fingern etwas in den Laptop.

»Warum ist Franz gegangen?«, fragte ich geradeheraus. Mein Vater tippte weiter und blickte mich nicht an.

»Wir reden nicht über ihn.«

»Das ist es doch. Warum ist er gegangen?«

»Weil er ein undankbares Balg war, das nicht zu schätzen wusste, was seine Mutter für ihn getan hat.«

»Geht's auch etwas genauer?« Ich wusste, dass mein Ton etwas zu scharf war. Aber ich ertrug diese Heimlichtuerei und Verschwiegenheit nicht länger.

Nun sah mein Vater mich doch an, mit ungehaltenem Blick.

»Warum ist Franz gegangen?«, wiederholte ich meine Frage.

Ein Seufzer entwich meinem Vater. Es klang, als ob alle aufgestaute Traurigkeit auf einmal aus ihm herauswollte. Plötzlich sah er furchtbar alt aus. »Ich weiß es nicht, Hedi.«

Hedi. So hatte er mich seit Jahren nicht mehr genannt.

»Ich weiß nicht einmal, ob er je zurückkommen wird.«

»Natürlich. Natürlich wird er das. Er kommt zurück, ganz sicher!« Dann lief ich in mein Zimmer und zu Isabel zurück, die mich fragend und verwirrt ansah.

Ich nahm den Sweater fest in die Hand. Etwas in mir sagte, dass ich in Franz' Zimmer gehen sollte, und dieses Mal tat ich es. Isabel folgte mir und blieb draußen stehen, als ich sein Zimmer betrat. Zuerst öffnete ich ein Fenster. Die Luft war sehr abgestanden.

Franz' Zimmer hatte sich nicht verändert. Seit er vor vierzehn Jahren ausgezogen war, hatten wir alles so gelassen, wie Franz es verlassen hatte. Ein einziges Mal war ich in Franz' Zimmer gegangen. Ich hatte weiße Laken über die Möbel gelegt, damit sie nicht einstaubten. Ich wusste genau, wie es darunter aussah. Auf seinem Schreibtisch lag noch ein Buch, aufgeschlagen auf Seite 132. Es war ein Buch über Geometrie. Daneben lag ein karierter Collegeblock, darauf ein Zirkel, ein Bleistift, ein Lineal und ein Winkelmesser.

An der gegenüberliegenden Wand stand eine weiße Kommode. Eine Schublade war herausgezogen, weil er Kleidung eingepackt hatte. Auch ein paar Bücher hatte er mitgenommen. Vieles war aber noch hier.

Franz' Bett war gemacht. Das war sein übliches Morgenritual. Sobald er sich fertig für den Tag gemacht hatte, hatte er das Bettzeug aufgeschüttelt und ordentlich aufs Bett gelegt. Der Überzug war noch genau der gleiche, reines Schneeweiß.

Ich zog das weiße Laken fort. Achtlos warf ich es auf den Boden. Das frische Weiß des Bettüberzugs strahlte fast im Vergleich zu dem blassen, verdeckten Rest des Zimmers. Ich legte den blauen Sweater auf das Bett. Schön ordentlich. So, als käme Franz jeden Moment wieder nach Hause und bräuchte etwas Frisches zum Anziehen.

Wie gerufen wehte ein Windstoß ins Zimmer und hob einige der Laken an. Er zog seine Runde, sorgte für Bewegung und Rumor und verschwand wieder aus dem Fenster. Ich empfand plötzlich ein Gefühl, als hätte der Wind einen Gast mitgebracht und ich wäre hier nicht allein. Es war eine angenehme Präsenz, eine freundliche.

Da schlug etwas auf dem Boden auf und zersprang mit einem Knall, bis es nach mehrmaligem Auf- und Abspringen, Poltern und Klirren liegen blieb. Als ich mich danach umdrehte, sah ich, dass es eine der gläsernen Schachfiguren war, mit denen Franz und ich immer gespielt hatten und die nun zerbrochen vor mir lag.

Rückblick

Franz saß mit seiner kleinen Schwester vor einem gläsernen Schachspiel. Das Muster ergab sich aus milchigen und durchsichtigen Quadraten. Hedwig suchte sich die glänzenden Glasfiguren aus und Franz nahm die matten. Dann stellte er seine Grundlinie auf.

»Siehst du, Hedi«, sagte er. »Hier außen stehen der Turm, der Springer und der Läufer. Auf der anderen Seite ist es spiegelverkehrt. In der Mitte sind die Königin und der König. Auf deiner Seite wieder spiegelverkehrt.«

Das Mädchen nickte eifrig und griff nach seinen Figuren. »Turm, hier und da, dann die Pferdchen und die Läufer. Königin und König. Fertig.«

»Sehr gut. Das ist unsere Grundlinie. Und davor kommen jetzt die Bauern.« Franz platzierte die Spielfiguren, und seine Schwester tat es ihm gleich.

»So, Hedi. Weißt du noch wie die Bauern sich bewegen dürfen?«

Hedwig nickte. »Im ersten Schritt ein oder zwei Felder geradeaus, danach nur noch eines. Geschlagen wird aber schräg.«

»Sehr gut. Und wie bewegt sich ... sagen wir mal ... der Springer?«

Seine Schwester überlegte, ehe sie mit einem Schulterzucken antwortete: »Ich weiß es nicht mehr.«

Franz lächelte sie aufmunternd an. »Das macht nichts. Schau, der Springer bewegt sich so.« Er nahm eines der Pferde und verschob es auf dem Schachbrett. »Und er kann auch über andere Figuren springen.«

Bemüht, sich alles zu merken, nickte sie mit gerunzelter Stirn und zusammengekniffenen Augen.

»Jetzt zeige ich dir die italienische Eröffnung.« Langsam und geduldig erklärte er seiner Schwester die einzelnen Züge, was diese bedeuteten und worauf sie achten müsse. »Denk daran: Du musst immer schauen, deine Figuren bestmöglich gegenseitig zu decken, also zu beschützen, damit der Gegner dir nie ohne eigenen Verlust eine Figur nehmen kann. Verstanden?«

»Verstanden.«

»Wollen wir es versuchen?«

Hedwigs Augen strahlten vor Begeisterung und Freude. »O ja! Ich will anfangen!« Dann schob sie ihren Bauern zwei Felder geradeaus auf e4. Ihr Bruder machte den gleichen Halbzug und stellte seinen Bauern auf e5.

Es klopfte an der Tür, und die beiden Geschwister sahen auf.

»Servus, Moritz«, begrüßte Franz seinen Freund mit einem Nicken.

»Hallo, ihr beiden«, sagte Moritz und betrachtete das Schachbrett. »Lasst euch nicht stören. Spielt ruhig weiter. Ich war zu früh hier.« Er zog sich einen Stuhl heran und setzte sich dazu.

Hedwig überlegte angestrengt. Dann stellte sie ihren Springer auf e3. Franz wartete einen Moment und sah dann seine Schwester fragend an. Und während die beiden Geschwister sich anschauten, schob Moritz ihre Figur ein Feld nach rechts. Hedwig war dies nicht entgangen, und als sie zu ihm blickte, zwinkerte ihr Moritz zu. Den nächsten Zug spielten sie im Sinne der italienischen Eröffnung, danach war Hedwig etwas ratlos.

»Und was soll ich jetzt machen?«

»Das ist deine eigene Entscheidung. Du musst nur darauf achten, dass deine Figuren gedeckt sind.«

Konzentriert blickte Hedwig auf das Schachbrett, dann nahm sie die Königin in die Hand und sah zu Moritz. Dieser schüttelte nur leicht den Kopf, beugte sich zu ihr und flüsterte: »Vertausch den König mit dem Turm.«

~~~

Der Wind musste die Schachfigur wohl heruntergestoßen haben. Ich hob die größten Stücke der zersprungenen Figur auf und betrachtete sie. Es war der König aus mattem Glas. Das kleine Kreuz, das auf seinem Haupt gethront hatte, war abgesprungen. Der König selbst war in der Mitte zerbrochen. Mit den matten Figuren hatte Franz immer gespielt. Ich hatte damals die durchsichtigen Glasfiguren. Wir hatten nie getauscht.

Und jetzt lag der gefallene König in meiner Hand. Dann wurde es mir klar. Wir würden nie wieder mit ihm spielen. Keine weitere Schlacht würde er erleben. Er würde nicht einmal ersetzt werden.

Es würde nie wieder ein Spiel geben. Franz war nicht mehr hier. Und er würde auch nicht zurückkommen.

Ich lehnte mich an die Wand und ließ mich langsam auf den Boden sinken. Meine Beine zog ich zu mir heran, während die drei Teile des Königs noch in meiner Hand lagen. Erst jetzt merkte ich, dass ich meine Hand so fest zu einer Faust zusammengeballt hatte, dass die Glasteile in die Haut schnitten. Der Schmerz beruhigte mich. Schmerzhafter war die Gewissheit, die ich so lange verdrängt hatte: Franz hatte mich allein gelassen. Er kam nicht mehr zurück. Ich warf die kaputte Glasfigur von mir weg. Egal wie ich es drehte und wendete ... egal was ich tat oder sagte – er kam nicht mehr zurück. Ich war allein. Sogar die freundliche Präsenz, die ich wahrzunehmen glaubte, war verschwunden. Ich konnte sie nicht mehr fühlen.

Tränen sammelten sich in meinen Augen. Ein ungeheurer Druck machte sich in meinem Kopf, in meinen Nebenhöhlen breit. Tränen rannen über meine heißen Wangen.

Ich wusste nicht, wie lange ich hier weinend gesessen hatte. Vielleicht Stunden, vielleicht nur wenige Minuten.

Aber die Schluchzer wurden leiser und kontrollierter. Auch die Tränen waren bald versiegt. Mit wackeligen Beinen stand ich auf und sammelte die Bruchstücke des Glaskönigs ein. Etwas Blut klebte daran. Ich legte sie auf den dunkelblauen Sweater, der das wenige Blut sofort aufsaugte.

Danach hob ich das Laken auf und bedeckte sorgfältig das Bett mit dem schneeweißen Bettzeug. Ich nahm alle Farben und Formen in mich auf, ehe ich das Bett bedeckte.

Bevor ich das Zimmer verließ, sah ich mich noch einmal um. Erst jetzt fiel mir auf, wie kalt und unpersönlich es war. Kalkweiße Möbel und schneeweiße Stoffe – wie in einem Krankenhaus. Nur die weiß gestrichenen Wände waren mit der Zeit grau vom Schmutz und Staub geworden. Dort, wo einmal Bilder hingen, sah man nur noch dunkle Ränder. Das war nicht mehr Franz' Zimmer, es war sein Grabmal. Der Franz, der früher hier gelebt hatte, war fort und würde nicht wiederkommen.

Dann fiel mir etwas neben seinem mit einem Laken bedeckten Nachtkästchen auf. Darauf stand eine kleine Pflanze, daneben eine Ledertasche. Beim Anblick der Tasche kam mir der Gedanke, dass wirklich jeder Mensch sein eigenes Gepäck, seine eigene Last zu tragen hatte. Franz hatte seins gepackt und sich auf den Weg gemacht. Und die Pflanze? Wie kam sie dahin?

Auf den ersten Blick wirkte sie, als wäre sie eingegangen. Gerade als ich sie wieder zurückstellen wollte, entdeckte ich einen kleinen grünen Sprössling.

Den hatte ich übersehen. Ich konnte sie nicht sich selbst überlassen und nahm sie an mich. »Ich kümmere mich jetzt um dich«, sagte ich zu ihr, bevor ich einen letzten Blick ins Zimmer warf.

»Lebwohl, mein großer Bruder«, sagte ich und schloss die Tür.

Als ich wieder in mein Zimmer kam, ertönte zur Begrüßung ein Pling von meinem Laptop. Isabel war fort. Sie war sicher in ihr Zimmer gegangen. Dort angekommen, klopfte ich an und öffnete die Tür. Aber ihr Zimmer war leer.
»Isabel?«, rief ich, erhielt jedoch keine Antwort.
Als ich mich wieder an meinen Schreibtisch setzte, klappte ich meinen Laptop auf. Ein kleines Briefchen zeigte an, dass eine Mail reingekommen war.

Von: wallner.moritz@mdw.ac.at
An: hedwig-eisner@mailto.at
Betreff: Anfrage Gestaltung
Hallo Hedwig,
ich weiß nicht, ob du dich an mich erinnerst. Ich bin ein Freund von Franz und war früher oft bei euch zu Besuch. Warum ich dir schreibe, ist … Ich arbeite an der mdw, also der Wiener Universität für Musik und darstellende Künste. Aktuell planen wir mit einem Kurs ein Konzert mit den Werken der Studierenden. Und weil Franz immer sehr begeistert von deinen künstlerischen Fähigkeiten gesprochen hatte, dachte ich gleich an dich, als wir über die Gestaltung des Plakats gesprochen hatten.
Hast du Lust und Zeit, mit uns daran zu arbeiten? Wenn es für dich passt, können wir uns auch mal per Videochat darüber unterhalten?
Ich freue mich auf deine Antwort.
Moritz

Nachdem ich die Mail gelesen hatte, spürte ich das Gefühl von Rührung in mir hochbrodeln, wie Wasser, das in einem Kessel kochte. Aber ich konnte mich nicht entscheiden, was mich mehr rührte. Dass Franz von meinen Fähigkeiten überzeugt war, dass er überhaupt von mir gesprochen oder dass Moritz mir dieses Angebot geschickt hatte?

Franz hatte über mich gesprochen? Er hatte mich nicht vergessen?

Und Moritz erinnerte sich auch an mich. Als ich zwölf war, hatte ich für Moritz geschwärmt. Er war damals, wie auch mein Bruder, beinahe volljährig und träumte davon, Musik zu studieren. Das hatte er geschafft. Zu jener Zeit hatte er bereits begnadet Klavier gespielt, soweit ich das beurteilen konnte.

Der Gedanke, dass sie noch an mich dachten, wärmte mir das Herz. Ich antwortete gleich, und bereits nach kurzer Zeit hatten wir uns auf Datum und Uhrzeit für einen Videochat festgelegt.

Über die Onlineplattform, auf die wir uns geeinigt hatten, betrat ich den Videochat. Moritz war schon da und wartete auf mich. Er sah immer noch wie in meiner Erinnerung aus. Sicher, er war älter geworden. Aber sein Haar war wirr, der kurze Bart ungepflegt. Der Pullover, den er trug, hatte schon kleine Löcher am Kragen und am Ärmel. Aber jetzt wie damals machte das seinen Charme aus. Neu war seine Brille. Die Gläser waren rund, der Rahmen und der Steg schwarz, die Bügel und die Scharniere goldfarben. Ich glaubte beinahe, Moritz beabsichtigte diesen Stil. Bewusst unordentlich. Ich könnte es zwar nicht beweisen, aber ich war mir fast sicher, dass seine Kleidung sowie seine Brille teuer waren.

»Hallo, Hedwig«, begrüßte er mich, dann lachte er. »Ist sicher ein Klischee, wenn ich das sage, aber: Groß bist du geworden.«

Auch ich musste lachen. »Nein, groß nicht, nur älter. Es ist ja auch ewig her, dass wir uns gesehen haben.«

»Vierzehn Jahre«, sagte er. »Umso mehr hat es mich gefreut, dass ich einen Grund hatte, wieder Kontakt zu dir aufzunehmen.«

Zu gerne hätte ich geantwortet: »Dafür brauchst du doch keinen Grund zu haben«, aber ich traute mich nicht. Stattdessen erwiderte ich: »Mir gefällt eure Idee mit dem Konzert. Welche Stilrichtung wird es?«

Dann erzählte mir Moritz alles zu seinem Vorhaben. Welche Musikstücke sie spielen würden, in welcher Reihenfolge, mit welchen Instrumenten, an welchem Ort, und er nannte mir den Zeitpunkt. Die Begeisterung, mit der er sprach, brachte mich zum Lächeln, und bald schon war ich genauso vernarrt in das Projekt wie er selbst.

»Ich habe schon ein paar Ideen für das Plakat«, sagte ich. »Ich werde mich gleich daransetzen und dir dann meine Entwürfe schicken.«

»Das ist ja Weltklasse! Zahlen kann ich dir leider nicht viel, aber dein Name soll auf jeden Fall auf das Plakat.«

»Du hast es ja noch nicht einmal gesehen«, lachte ich.

»Das wird schon! Da bin ich mir ganz sicher.«

Dann sagte keiner von uns etwas. Die Pause war mir unangenehm, weil mir eine Frage auf der Seele brannte. Ich befürchtete, Moritz könnte das Hämmern meines Herzens und das rasche Strömen meines Blutes hören und erraten, wie nervös ich war. Dann brach es aus mir heraus: »Kann ich dich etwas fragen?«

»Sicher.«

»Weißt du was von Franz?«, fragte ich. »Wo ist er jetzt?«

»Ich will nicht lügen, Hedwig«, sagte Moritz. »Ich kann's dir nicht sagen.«

»Warum nicht?«

»Ich kann es dir nicht sagen, Hedwig. Es tut mir leid.«

Das verstand ich nicht. Warum konnte Moritz mir nicht sagen, wo Franz ist? Durfte oder wollte er nicht?

»Weißt du, warum er damals gegangen ist?«

»Ja ...«

Über sein Zögern dachte ich nicht lange nach, denn etwas anderes nahm meine Aufmerksamkeit in Anspruch. Ich sah auf meinen Laptop. Das Bild darauf war zweigeteilt: Auf der einen Hälfte sah ich Moritz, auf der anderen das Bild von mir, welches meine Laptopkamera einfing. In dem aufgezeichneten Hintergrund sah ich mein Zimmer hinter mir. Und huschte da nicht ein Schatten vorbei? Ich drehte mich um, sah aber nichts. Doch immer wenn ich auf das Kamerabild sah, bemerkte ich einen Schatten. Drehte ich mich um, war nichts mehr zu sehen.

»Hedwig?«

»Was?«

»Ist alles in Ordnung?«

Ob ich ehrlich sein sollte? Nein, ich konnte ihm doch nicht von Geistererscheinungen und Ähnlichem erzählen. Deshalb log ich: »Äh ... ja, ja. Da hat nur jemand nach mir gerufen. Ich muss jetzt gehen, aber ich schicke dir die Entwürfe, sobald ich sie habe, ja?«

»Klar, lass dich nicht aufhalten. Ach, und, Hedwig, es war schön, dich wiedergesehen zu haben, auch wenn es nur digital war.«

»Ich habe mich auch sehr gefreut. Mach's gut, Moritz.«

Ich war in meinem Zimmer und fand eine neue Tür, die mir noch nie zuvor aufgefallen war. Sie führte durch einen langen Gang, der als Speicher genutzt wurde. Ich bewegte mich an vielen Dingen vorbei, die mir aus meiner Kindheit bekannt vorkamen. Am Ende des Ganges war eine weitere Tür. Als ich sie öffnete, kam ich in ein riesiges Zimmer und staunte nicht schlecht. Ich hatte eine versteckte Wohnung in unserem Haus gefunden! Beinahe ehrfürchtig betrat ich den dunklen Parkettboden des Zimmers. Vor mir tat sich eine schlichte, aber große Küchenzeile auf. Schräg gegenüber auf der anderen Seite des Zimmers war eine gemütliche Sofaecke mit einem kleinen Beistelltisch. Zwischen der Küchenzeile und dem kleinen Wohnzimmerbereich gingen vier Stufen hinab. Als ich diese hinunterstieg, gelangte ich auf eine weitere Ebene des gleichen Zimmers. Hier befand sich ein geräumiges Himmelbett. Die schwarzen Vorhänge waren über die Balken des Dachs drapiert. Der Raum wurde durch ein Bücherregal abgetrennt, in dem neben vielen Büchern auch verschiedene Malutensilien und einige ausgewählte Dekorationsgegenstände wie Vasen, Kerzen und Ähnliches standen.

Diese Wohnung war wunderschön. Sofort würde ich mein Zimmer gegen diesen Teil des Hauses eintauschen, um hier zu leben.

Enttäuschung war das Gefühl, mit dem ich in dieser Nacht aufwachte. Es war ein wunderbarer Traum gewesen, aber ich musste mit jeder Sekunde, die ich wacher wurde, feststellen, dass es leider nicht Wirklichkeit war. Geträumt hatte ich von unserem Haus, aber den verborgenen Teil, den langen Gang und die Tür in meinem Zimmer, gab es nicht. Ich erinnerte mich daran, dass ich diesen Traum schon einmal hatte. Nein, nicht nur einmal. Zweimal hatte ich von dem verborgenen Teil des Hauses geträumt. Ich glaubte, es fing an, nachdem ich die Briefe meines Vaters gefunden hatte.

Ich holte meinen Laptop und tippte in die Suchzeile des Browser-Fensters ein: *Traumdeutung/neue Zimmer entdecken.* Ich wurde schnell fündig und scrollte durch eine Seite, die sich mit dem Traumsymbol *Zimmer* befasste. Bei einem Absatz blieb ich hängen. Dort wurde die These aufgestellt, dass das eigene Haus als Persönlichkeit des Träumenden interpretiert werden könnte. Würde der Träumende neue Zimmer in seinem Haus entdecken, entspräche das dem realen Entdecken neuer Persönlichkeitskomponenten.

Eine Weile dachte ich über diese Interpretation nach. Sie gefiel mir, denn schließlich lernte ich auch neue Teile meiner Persönlichkeit kennen. Sie reiften in mir, entfalteten sich, und ich wusste, dass ich mich in einem Wandlungsprozess befand. Dieser Gedanke gefiel mir.

Am nächsten Morgen suchte ich Isabel. Seit ich aus Franz' Zimmer zurückgekommen war, hatte ich sie nicht mehr gesehen. Nach dem Gespräch mit Moritz hatte ich nach ihr gesucht. Ich wollte ihr davon erzählen. Doch im ganzen Haus war sie nicht zu finden. Vielleicht verpasste ich sie? Hatte sie womöglich das Haus verlassen?

Mir fiel auf, dass ich keine Sekunde mehr an die verschlossene Haustür gedacht hatte. Es schien, als hätte ich akzeptiert, dass sie verschlossen war. Dann war es nicht mehr wichtig gewesen.

ben stand sogar eine Flasche Pflanzendünger mit Anleitung. Ich lächelte. Ich war so gerührt davon, dass er sogar für mich mitgedacht hatte. Ich wusste doch, dass mein Vater nicht nur ein griesgrämiger, wortkarger alter Mann war, sondern dass in ihm ein guter Kern steckte. Mit allem bepackt, machte ich mich wieder in mein Zimmer auf. Als ich an Isabels Raum vorbeiging, schwang die Tür wieder auf.

»Isabel?«, fragte ich erneut. Aber ich bekam keine Antwort. Ich brachte meine Utensilien in mein Zimmer und lief wieder zurück. Die Tür von Isabels Zimmer schwang leicht hin und her. Ich schloss sie und drückte sie fest zu. Erst jetzt fiel mir auf, wie kalt es hier war. Eine Gänsehaut überzog meine Arme, selbst unter dem Pullover. Fröstelnd schüttelte ich mich und wich einen Schritt zurück. Sofort war die Kälte verschwunden. Als ich wieder vortrat, verspürte ich von Neuem die eisige Kälte, die mir noch kälter schien. Ging ich einen Schritt zurück, war es wieder warm. Entweder war hier etwas äußerst merkwürdig, oder aber es war der logische Grund, warum die Tür manchmal von selbst aufging und hin und her schwang.

Zuerst muss ich mich um die Pflanze kümmern, sagte ich mir. Sie war lange genug vernachlässigt worden. Danach würde ich mir das mit Isabels Zimmer genauer ansehen.

In meinem Zimmer hatte ich ein paar Zeitungen ausgelegt. Im Schneidersitz saß ich davor. Ich nahm die kleine Pflanze, die ich aus Franz' Zimmer gerettet hatte, aus ihrem alten Übertopf und begann, sie vorsichtig aus ihrem Plastiktöpfchen zu holen. Danach befreite ich ihre Wurzeln von der alten Erde. Jeden überflüssigen Ballast nahm ich ihr ab, dann setzte ich sie in ein Bett aus frischer Erde. Ich drückte die Pflanze fest hinein und deckte ihre Wurzeln mit weiterer Erde zu. Bereits zuvor hatte ich etwas Wasser mit dem Dünger gemischt und goss nun meine kleine Pflanze in ihrem neuen Zuhause.

»Ich hoffe, du lebst dich gut ein«, sagte ich zu ihr. »Was bist du nur für eine? Eine Grünpflanze oder blühst du später einmal? Ich freue mich schon darauf, wenn du dich entfaltest. Aber lass dir Zeit. Nur kein Stress.« Auf dem Fensterbrett fand sie ihren neuen Platz, zwischen einer Bergpalme und einem Philodendron. Meine kleinen grünen Mitbewohner zu sehen, erfüllte mich mit einer wohligen Freude. So musste sich meine Sternentasse fühlen, wenn warme, schokoladige Milch in ihr ist. Es hatte etwas Belebendes und Tröstendes, sich um andere Lebewesen zu kümmern. Selbst wenn es sich nur um Pflanzen handelte.

Der Dreck vom Umtopfen war auf den ausgelegten Zeitungen gelandet. Vorsichtig faltete ich sie zusammen und warf sie in den Müll, ebenso wie das alte Plastiktöpfchen. Ich nahm die Flasche mit Dünger und den alten Übertopf. Damit ging ich wieder zurück in die Küche. Den Dünger stellte ich auf den Tisch. Den Übertopf wusch und trocknete ich ab und stellte ihn auch auf den Tisch.

Ich stand vor dem geöffneten Schränkchen, in dem wir unseren Tee aufbewahrten, und durchkämmte unser Angebot. Kräuter- und Kamillentee, Früchtetee, Schwarz- und Grüntee ... und ganz hinten stand eine offene Packung Pfefferminztee, den Franz am liebsten gemocht hatte. Genau genommen war es der einzige Tee, den er überhaupt getrunken hatte. Ich nahm die Packung heraus und sah auf das Mindesthaltbarkeitsdatum, das seit über zwölf Jahren abgelaufen war.

Franz wird nicht zurückkommen, hörte ich wieder meine klebrige Zuckerstimme. Widersprechen konnte ich nicht, also warf ich die Packung in den Müll.

Ich setzte mich mit meiner Sternentasse an den Küchentisch und sah mich um. Die Küche war kein gemütlicher Raum mehr. Sie wirkte dreckig und schmierig, als würden der Staub und die Fettflecken vom Kochen des vergangenen Jahrzehnts an den Armaturen kleben.

Dein Vater fühlt sich offensichtlich nicht dafür verantwortlich, den Schmutz zu beseitigen.

»Mein Vater hat aus Pflicht- und Verantwortungsgefühl seine Geliebte verlassen und ist deswegen bei seiner Familie geblieben«, hielt ich meiner Zuckerstimme stumm entgegen. »Er fühlt sich nicht verantwortlich, denn er hat nie Verantwortung für seine Entscheidung übernommen. Stattdessen hat er sich jahrelang hier mit ihren Briefen und dem Essen selbst gequält und seine Entscheidung bereut. Er war hier immer unglücklich.«

Deine Mutter war hier auch nicht glücklich.

»Ihr ganzer Lebensentwurf ist gescheitert. Davon hat sie sich nie erholt. Es gab weder einen Plan B noch Unterstützung oder Hilfe. Sie hat sich in ihre Traumwelt voller Dramen und Happy Ends geflüchtet, weil die echte Welt hier ihr nichts zu bieten hatte.«

Dein Bruder war auch nicht glücklich. Er hat dich hier alleingelassen. Er ist einfach gegangen und hat dich im Stich gelassen.

Ich dachte einen Moment nach. »Er hat Verantwortung übernommen. Für sich und sein Leben. Das war nicht der richtige Ort für ihn. Deshalb ist er gegangen. Er konnte entweder für sich oder mich verantwortlich sein, aber nicht für uns beide. Das ist auch nicht seine Aufgabe als Bruder.«

Ich sprang auf, um den Block zu holen, den mein Vater in der Küche liegen hatte. Den danebenliegenden Stift schnappte ich mir auch. Dann schrieb ich auf ein leeres Blatt:

Für was bin ich verantwortlich?
Bin ich bereit, Risiken einzugehen?
Träum ich noch oder lebe ich schon?
Weiß ich, was ich will und was ich brauche?
Erkenne ich, dass ich mich um mich selbst kümmern muss?

Ich nahm einen Schluck von meinem Tee, der bereits kalt und bitter geworden war, da ich vergessen hatte, den Beutel herauszunehmen. Aber ich trank ihn dennoch, obwohl ich das Gesicht verzog, als ob ich für Schlagsahne Salz statt Zucker verwendet hätte.

Ich war für mich und für mein Leben verantwortlich, aber ich träumte noch. Ich hatte zwar schon ein paar Schritte ins Leben gewagt, aber war immer noch hier. Zurückgezogen in meinem Kokon, aus Angst, dass ich scheitern könnte. So wie meine Eltern. Ich wusste, dass ich nach Wien wollte, um mein Kunststudium zu beginnen. Ich wollte es versuchen. Ich wollte sehen, was ich schaffen könnte. Und ich brauchte Menschen um mich herum, die mich unterstützten, anstatt mich niederzumachen.

Wollte der Spuk mir zeigen, dass es Zeit war zu gehen? Wollte er mich darauf vorbereiten?

Ich nahm den letzten Schluck aus meiner Tasse. Mein Kopf dröhnte.

Als ich wieder zurück in mein Zimmer ging, war ich bereits darauf gefasst, dass Isabels Tür wieder offen stand. Aber als ich daran vorbeikam, war sie geschlossen. Möglicherweise war daran nichts Seltsames. Bestimmt war Isabel irgendwo im Haus. Ich war fast an meiner Tür angekommen, als mich ein erbärmliches Quietschen, das wie der Schrei eines Marders klang und einem alle Haare aufstellte, aufschrecken ließ. Ich drehte mich um und sah, dass Isabels Tür wieder aufgegangen war.

»Isabel?«, versuchte ich es erneut. Aber ich bekam keine Antwort.

Moritz und ich trafen uns zu einem zweiten Videochat, nachdem ich ihm vier Vorschläge für das Plakat geschickt hatte. Er hatte mir erzählt, dass es ein kunterbunter Mix an Musikstücken werden sollte. Von Kammermusik über Klassik, Jazz, Blues und Soul bis hin zu Pop und Rock. Gespielt würden die Stücke von verschiedenen Streichern, Holz- und Blechbläsern sowie diversem Schlagwerk. Das Konzert würde Ende Juli im Wiener Konzerthaus im Berio-Saal stattfinden, der – wie die Website versprach – »ein modern-puristisches Ambiente« bieten würde.

Die vier Bilder, die ich vorbereitet hatte, zeigten das Wiener Konzerthaus, mal im Fokus, mal eher im Hintergrund. Ich hatte ein Bild gezeichnet mit dem Konzerthaus im Goldenen Schnitt, davor im rechten unteren Eck ein Klavierflügel und ein Kontrabass, der daran lehnte, auf der Straße. Der Hintergrund waren schraffierte Linien aus roten und weißen Streifen, welche die schnell fahrenden Autolichter auf der Straße nachahmten. Die anderen drei Vorschläge waren auf eine bestimmte Musikrichtung fokussiert. Es gab ein Bild, das in Erdtönen gehalten war. Es zeigte die Gebäude des Konzerthauses, der Staatsoper und der Hofburg, davor eine lange Straße, auf der sich ein Flügel befand. Das nächste Bild griff die schraffierten Linien wieder auf, die an einem Schlagzeug vorbeirasten. Im letzten Bild hatte ich zwei Figuren gezeichnet, eine Frau im Abendkleid, einen Mann im Anzug, die man nur von hinten sah. Sie gingen auf das Konzerthaus zu, das prächtig von Lichtern beleuchtet wurde.

Als ich mir die fertigen Bilder angesehen hatte, fiel mir auf, dass ich keine geisterhaften oder vermummten Gestalten im Hintergrund hatte. Die Entwürfe strahlten eine Leichtigkeit und eine Freude aus, wie ich sie von meinen früheren Bildern kaum kannte.

»Also, Hedwig«, sagte Moritz, »deine Vorschläge sind fantastisch.«

»Na ja ...« Ich fühlte mich etwas unwohl bei seinem Lob, obgleich ich mich sehr darüber freute. »Wie gesagt, es ist nichts Besonderes.«

Moritz lachte. »Talent ist größer, wenn es für selbstverständlich gehalten wird. Denn Talent genügt sich selbst. Aber wirklich: die Farben, die Motive und die Inszenierung. Ich find's großartig! Ich habe auch mit allen Beteiligten gesprochen. Wir würden gerne alle vier nehmen. Die Idee, mit vier verschiedenen Plakaten, die aber das gleiche Thema haben, Werbung zu machen, gefällt allen sehr. Und auch, dass eines übergeordnet ist und die anderen drei auf ein bestimmtes Element der Musik gerichtet sind. Ich glaube auch, dass es sich sehr von den üblichen Plakaten des Konzerthauses abheben wird. Normalerweise werden da immer die Musiker abgelichtet. Wenn du damit einverstanden bist, dann würde ich sie in den Druck geben, nachdem wir die Veranstaltungsinfos daraufgeschrieben haben.«

Ich wusste erst nicht, was ich sagen sollte. Alles, was ich mit einem Lachen herausbrachte, war: »Äh, ja, sicher ... Danke dir, Moritz.«

»Ich danke *dir*. Ich würde mich gerne revanchieren. Kann ich etwas für dich tun?«

Ja!, rief es in mir. Ich schüttelte den Kopf, während ich dachte, dass das zu viel von ihm verlangt wäre.

»Hedwig, was brauchst du?«, fragte Moritz, der mein Kopfschütteln richtig gedeutet hatte.

»Ich ... Das wäre zu viel ...«

»Spuck es schon aus.«

»Ich bräuchte vielleicht für eine Weile eine Übernachtungsmöglichkeit in Wien. Ist noch nicht sicher, aber ...«

»Kein Ding. Melde dich jederzeit. Meine Tür ist für dich immer offen.«

Irgendetwas stimmte hier nicht. Auch wenn mir mein Verstand sagte, dass es eine logische Erklärung dafür geben musste, war in den letzten Tagen zu viel passiert. Und eine Stimme in mir drängte mich dazu, genauer hinzusehen. Es war nicht meine zuckrig-klebrige Stimme, die sich hämisch und spottend geäußert hatte und die seit einer Weile verstummt war. Es war eine viel zartere und liebevollere. Fast hätte ich geglaubt, Isabel zu hören.

Eins nach dem anderen, sagte ich mir und ging wieder ein paar Schritte zurück zu Isabels Zimmer. Die Tür schlug vor mir zu, und Kälte breitete sich in mir wie die Schwingen eines Drachen aus.

Als ich die Tür wieder öffnen wollte, traute ich meinen Augen nicht. Mit beiden Händen tastete ich die Wand vor mir ab. Die Tür war verschwunden. Isabels Zimmer, in dem ich so oft gewesen war, gab es nicht mehr. Vor mir sah ich nur noch die Wand des Flures. Ich versuchte, mich an die Details ihres Zimmers zu erinnern, aber es gelang mir nicht. Ich konnte es einfach nicht vor mir sehen. Ich glaubte, mich an eine gelbe Wand zu erinnern, an eine moderne Einrichtung, an Sonnenblumen. Sosehr ich mich auch bemühte, ich sah es einfach nicht vor mir, als wäre alles in einem dichten Nebel eingeschlossen.

Fassungslos stand ich vor der Wand, die Hände daraufgelegt, und wusste nicht mehr weiter. Was war hier eben passiert? Mit schnellen Schritten lief ich zum Ende des Ganges, um alle Zimmer gründlich zu überprüfen. Ich spähte in mein Zimmer, dann in das von Franz und von Vater, bevor ich zu der Stelle an der Wand schaute, wo sich früher ihre Zimmertür befunden hatte. Auch in das Bad warf ich einen Blick – nichts. Vorsichtig klopfte ich an Mutters Tür und öffnete sie einen Spaltbreit. Mutter schlief, und außer ihr war niemand dort.

»Papa«, rief ich, als ich bereits die Treppe hinuntergesprintet war und in die Küche rannte. »Papa!«

»Na«, gab er scharf von sich und schnalzte mit der Zunge. »Was schreist du so? Was hast du denn jetzt schon wieder?«

»Isabels Zimmer ist weg!«

»Isabel?«

Ich unterbrach ihn sofort. Den fragenden Ton überhörte ich. »Ja, Isabel. Ihr Zimmer ist verschwunden und ...« Ich plapperte hysterisch drauflos, um ihm zu schildern, was passiert war.

Mein Vater schlug mit der Faust auf den Tisch, um mich zum Schweigen zu bringen. »Wer ist Isabel?«

»Deine Tochter? Meine Schwester?« Ich sah ihn an, als ob er verrückt geworden wäre. Wie konnte er so etwas fragen? Wie konnte er seine Tochter nicht kennen? Was war denn nur los mit ihm?

»Welche Schwester?«

Ich starrte ihn mit großen Augen an. Ich blinzelte nicht einmal.

»Hedwig«, begann mein Vater behutsam. »Du hast keine Schwester. Es gibt nur dich und ... Franz.« Den Namen seines Sohnes sprach er nur widerwillig aus. Es war das erste Mal seit Jahren, dass ich den Namen meines Bruders aus seinem Munde hörte. Schwang da etwa Bedauern mit?

In meinem Kopf drehte sich alles. Meine Muskeln fühlten sich wie Luftballone an, die eben aufgestochen wurden. Alle Luft, alle Kraft entwich ihnen, sodass ich mich auf einen Küchenstuhl neben meinen Vater niedersetzen musste. Ich fühlte seine warme Hand auf meiner.

»Es tut mir leid, Hedwig, aber du hast keine Schwester.«

Eine Weile saßen wir still da. Seine Hand ruhte auf meiner. Die Tatsache, dass Isabel nicht existierte, schwebte wie eine dunkle Wolke über uns.

Ich weigerte mich, diese Tatsache zu akzeptieren. Ich konnte mir meine Schwester doch nicht all die Jahre eingebildet haben. All meine Erinnerungen an sie konnten doch keine Hirngespinste sein. Wenn wir uns früher nachts aus den Betten geschlichen hatten, nach unten ins Wohnzimmer, um heimlich

Filme ab sechzehn Jahren anzuschauen, für die wir noch zu jung waren. Wir hatten sogar unter dem Sofa Schokolade und andere Süßigkeiten versteckt, die wir dann zu den gruseligen Filmen naschten. Wir hatten auch Bücher aus der Bibliothek geliehen und sie uns bis spät in die Nacht unter einer Decke vorgelesen. Isabel hatte mir Modell gesessen, damit ich Porträtzeichnen üben konnte. War das alles etwa nicht geschehen?

War Isabel nicht auch da gewesen, als Franz auszog? Ich hatte damals doch ihre Hand gehalten, als er ging. Ich wollte es einfach nicht glauben, dass sie nur eine Illusion gewesen sein sollte. Nach einer langen Weile stand ich vom Küchentisch auf, um ins Wohnzimmer zu gehen. Dort bewahrten wir unsere Fotoalben auf. Fünf davon zog ich aus dem Schrank. Ich setzte mich auf den Boden und blätterte ein Album nach dem anderen durch. Aber ich hätte nicht gedacht, dass es so schmerzen würde.

Ich sah Bilder von Franz und mir, als wir noch klein gewesen waren, an Weihnachten und Fasching, einfache Schnappschüsse im Alltag. Meine Mutter – ich war mir sicher, dass sie es gewesen war – hatte alle Fotos, auf denen Franz allein zu sehen war, herausgerissen. Bei Fotografien, auf denen noch andere Personen abgebildet waren, hatte sie ihn herausgeschnitten. Sie hatte ihn einfach aus ihrem Leben entfernt. Von Isabel war auch keine Spur. Es gab kein einziges Foto, auf dem sie zu sehen war. Ich durchsuchte alles, das ich finden konnte. Ordner, Dokumentenmappen – aber kein Zeichen, dass Isabel je existiert hatte.

Erschöpft gab ich meine Suche auf und räumte alles wieder an seinen Platz, als ein loses Blatt herausrutschte. Es war eine Kopie meiner Geburtsurkunde. Im Feld Vorname(n) stand: Hedwig Isabel.

Das Dokument rutschte aus meiner Hand. Alle Kraft entwich meinem Körper, alle Farbe entwich meinem Gesicht. Ich musste genauso weiß aussehen, wie das Papier des Dokuments war. Ich fühlte mich verloren, ganz allein auf dieser Welt. Was hatte das zu bedeuten?

Nach ein paar tiefen Atemzügen wurde ich wieder ruhiger, und ich spürte, wie die Kraft in meinen Körper zurückkehrte. Um mich abzulenken, räumte ich mit größter Mühe alles sorgfältig wieder in den Schrank. Eines nach dem anderen. Ordentlich in einer Reihe. Mit den Handflächen justierte ich die Buch- und Ordnerrücken, damit sie alle in Reih und Glied standen. Wenn doch nur alles so leicht wäre. Plötzlich fiel mir eine Ausgabe von SCHÖNER WOHNEN ins Auge. Vorsichtig, damit ich mein ordentliches Werk nicht zerstörte, zog ich die Zeitschrift heraus. Auf dem Cover war ein Zimmer in verschiedenen Gelbtönen abgebildet. Die Wand war zitronengelb gestrichen, der Teppich war kanariengelb, die safranfarbenen Kissen lagen auf einem Sessel, der mit senfgelbem Samt bezogen war, kanariengelber Stoff überzog den Schirm der Deckenlampe und auf einem Tischchen stand eine Vase mit Sonnenblumen. Es war Isabels Zimmer. Zumindest so, wie ich es gesehen oder mir eingebildet hatte.

Etwas in mir zerbrach. Als ob all meine Hoffnung eine Swarovski-Figur aus Kristallglas war, die mit voller Wucht gegen eine Steinwand geworfen wurde. Sie zerbrach in tausend Scherben und Stücke. Meine Schwester gab es nicht. Mein Bruder würde nie mehr zurückkehren. Ich war allein und verloren in diesem Haus.

Zwar kam mir auch der Gedanke, ob ich psychisch krank war. Aber etwas in mir sagte, dass es sich anders anfühlen würde, wenn ich wirklich krank wäre. Das war natürlich ein dummer Gedanke, aber er half mir, nicht zusammenzubrechen.

Ich war unendlich traurig, aber weinen konnte ich nicht. Eine kalte Hand hatte sich um mein Herz geschlossen und drückte zu. Ich spürte den Schmerz in meiner Brust, als ob mein Herz einen Muskelkrampf hätte. Ich lehnte mich gegen den Schrank. Nun, da ich die ganze Wahrheit unleugbar vor mir hatte, maskierte sich auch das Haus nicht mehr länger. Ich hatte schon gesehen, wie die Küche und die Zimmer von Franz und meiner Mutter wirklich waren. Jetzt sah ich auch das wahre Wohnzimmer. Dass es so hässlich war, hätte ich nicht gedacht. Die lindgrüne Tapete mit den rosa-grünen Blumenornamenten stach sich mit dem rot gestreiften Retrosofa. Das Gesamtbild verursachte Augenkrebs. Das Zimmer war mit billigem Kitsch und Nippes dekoriert. Dass meine Eltern einen so schlechten Geschmack hatten, wunderte mich. Die gemütliche Atmosphäre, die ich hier empfunden und genossen hatte, war komplett verschwunden. Es fühlte sich an, als würde ich in einem Museum sitzen und nicht in einem Haus, in dem eine Familie wohnte.

Auf meinem Weg zurück zu meinem Zimmer beobachtete ich die Wand des oberen Flurs. Tauchte Isabels Zimmertür doch noch auf? Ich wünschte mir so sehr, ich hätte es mir nur eingebildet. Ich wünschte, Isabel wäre noch da. Ich wünschte, Franz würde zurückkommen.

Aber die Tür tauchte nicht auf. Und wenn die Tür nicht auftauchte, dann würden meine anderen beiden Wünsche ebenfalls nicht in Erfüllung gehen. Da war ich mir jetzt sicher. Dennoch stand ich dort, wo bis vor Kurzem noch eine

Tür und ein Zimmer waren. Meine Hände lagen auf der Wand, als ob sie doch noch die Tür zum Erscheinen bringen konnten.

Ich musste die Wahrheit akzeptieren. Isabel war nicht real. Ich atmete tief durch und stieß mich mit gesenktem Kopf von der Wand ab. Noch ehe ich einen Schritt vor den anderen machen konnte, nahm ich im Augenwinkel etwas Glänzendes wahr. Ich drehte mich wieder zur Wand und sah auf dem Boden einen Schlüssel liegen. Noch während ich ihn aufhob, fragte ich mich, in welches Schloss er gehörte. Er war größer als unsere üblichen Schlüssel und auch anders geformt.

Falls dieser Schlüssel nicht zu unserem Haus gehörte, woher kam er dann und warum lag er vor dem Zimmer?

Während ich den Schlüssel in der Hand hielt und betrachtete, dachte ich nach.

Es gab zu viele Fragen, die nach Antworten verlangten.

Das kaputte Haus

Es hätte mich nicht wundern sollen. Als ich die Tür zu meinem Zimmer öffnete, war nichts so, wie ich es kannte. Auf der linken Seite stand ein altes graues Sofa, gegenüber ein schmales Bett, das aus einem Stahlgestell bestand, auf dem eine Matratze lag. Vor mir sah ich einen einfachen Metallschreibtisch. Meine üppig blühenden Pflanzen waren verschwunden. Nur die kleine Pflanze, die ich aus Franz' Zimmer geholt hatte, war noch da.

Ich ließ mich neben der Tür an der harten Wand zu Boden sinken. Meine Knie zog ich nah an mich heran und vergrub den Kopf unter meinen Armen. Ich versuchte, tief durchzuatmen, aber mein Atem gelangte nur bis zu meinem Brustkorb. Meine Rippen dehnten sich, während die Spannung in meinem Kopf wuchs. Ich wollte einatmen, aber meine Kehle war zu eng, sodass das Luftholen wie ein Krächzen klang. Meine Brust fühlte sich eingeklemmt an, und meine Lunge brannte, als würde man unter Wasser tauchen, um zu sehen, wie lange man die Luft anhalten konnte. Vier Sekunden, fünf, sechs. Eine Sekunde länger ginge noch. Und dann kam der Anflug von Panik, während man auftauchte, weil die Angst kam, es nicht mehr rechtzeitig nach oben zu schaffen, um die rettende Luft einzuatmen.

Ich war allein. Meine Geschwister waren fort. Zwar wollte ich es nicht glauben, aber tief in mir hatte sich bereits die Gewissheit breitgemacht: Ich war allein. Sollte ich wirklich von hier fortgehen? Besaß ich genügend Mut für diesen Schritt, und lohnte er sich überhaupt?

Während ich über diese Fragen nachdachte, erinnerte ich mich an eine Episode aus meiner Kindheit.

Bereits zwei Stunden saß mein Vater auf dem harten Wohnzimmerboden, um mein Puppenhaus aufzubauen. Immer wieder stöhnte er vor Schmerzen auf und legte seine Hände auf Knie, Rücken und Hüfte.

»Handwerklich bin ich zwar nicht so begabt, aber dein Puppenhaus kriege ich hin«, stöhnte er.

»Bist du fertig?«, fragte ich ungeduldig. Seit einer gefühlten Ewigkeit war er mit dem Puppenhaus beschäftigt.

»Gleich, Hedi«, versuchte er mich zu beruhigen und rieb sich sein Kreuz. »Nur noch ein paar Schrauben.«

»Geht das nicht schneller?«

»Hast du den Satz von deiner Mutter?«

Fragend sah ich ihn an, ehe er seufzte und sagte: »Bring doch schon mal deine Puppen her.«

Ich stieß einen freudigen Schrei aus und rannte die Treppe zu meinem Zimmer hoch, um meine drei Lieblingspuppen zu holen.

»Fertig?«

»Gleich.«

Meine Mutter kam ins Wohnzimmer, während sie sich einen Ohrring anlegte. Sie strich den geblümten Stoff ihres Sommerkleides glatt. Darüber trug sie eine helle Jeansjacke.

»Ich bin fertig. Franz habe ich gesagt, dass er sich anziehen soll. Ich kleide jetzt noch Hedwig an. Hedwig, kommst du? Karl, machst du dich dann auch fertig?«

»Ja«, sagte Karl und stand mit Schmerzenslauten auf.

»Mami, ich will mit den Puppen spielen!«

»Nein, Hedwig, jetzt nicht. Wir machen uns fertig und gehen essen. Du hast doch auch Hunger, oder?«

»Spielen!«

»Wenn wir heimkommen, kannst du spielen«, sagte Karl.

Meine Mutter warf ihm einen bösen Blick zu und flüsterte: »Da schläft sie doch schon.« Ich hörte es trotzdem.

Er zuckte mit den Schultern. »Das weiß sie ja nicht.« Dann verließ er das Wohnzimmer.

Mutter seufzte und nahm mich auf ihren Arm. »Komm, wir ziehen dir jetzt dein Lieblingskleid an.«

»Jaaa«, freute ich mich. Das Spiel mit den Puppen und dem neuen Puppenhaus war vergessen.

Eine Dreiviertelstunde später saßen wir bei unserem Stammitaliener. Das Restaurant war gemütlich, aber auch elegant eingerichtet. Einige Wände waren aus roten Backsteinen gemauert, andere in einem sanften Terrakottaton gehalten, vor einer stand ein riesiger Weinschrank. Das Licht war warm und gedimmt. Vater trank Weißbier aus einem hohen Glas, in dem man die Hefe schweben sah, mit perfekter weißer Schaumkrone. Mutter wurde ein Glas Rotwein serviert, und wir Kinder nippten an Gläsern mit Cola.

Ich hatte den Platz für die Familie ausgesucht, denn ich wollte unbedingt neben dem Aquarium sitzen, das in türkisfarbenem Licht schimmerte und leise summte. Dekoriert war es mit einem kleinen Berg, der mit Moos und Pflanzen bewachsen war, die im Wasser tanzten. Daneben stand eine kleine Schatztruhe, zu der gerade eine kleine Taucherfigur schwamm. Verschiedene Fische schwammen hinter der Glasscheibe. Sie glänzten in vielen Farben, einige prachtvoller, andere eher gedeckt, sodass sie sich perfekt tarnen konnten. Die Fische unterschieden sich in Größen und Formen. Manche waren flach, andere breit, mit großen und kleinen Flossen.

»Papa«, sagte ich und zog an seiner Jacke. »Was ist das für einer?« Ich zeigte auf ein silbernes Exemplar.

»Das ist ein Regenbogenfisch«, sagte er.

»Und was ist das für einer?« Ich zeigte auf einen roten mit einer prächtigen Schwanzflosse.

»Ich weiß es nicht, Hedi.«

»Und der da?«, fragte ich, aber Vater reagierte nicht. Ich zog noch einmal an seiner Jacke. »Papa, was ist das da für einer?«

Mein Vater sah an die Stelle im Aquarium, auf die ich gezeigt hatte. Der Fisch hatte bräunliche Schuppen und helle Punkte auf seinem gesamten Körper. Er schien an einem der Steine festzukleben, als versuchte er, diesen zu fressen.

Vater überlegte. »Gretel, wie nennt man den doch gleich?«

»Putzerfisch«, sagte sie. »Das ist ein Putzerfisch, Hedwig. Die reinigen das Aquarium.«

»Ui!«, rief ich und starrte wie gebannt auf das blaue Wasser mit seinen Bewohnern.

Nachdem wir zu Ende gegessen hatten und nur noch halb ausgetrunkene Gläser und Teller mit Resten von Tomatensoße und Pizzarändern auf dem Tisch standen, fragte Franz, ob wir aufstehen und draußen spielen dürften.

»Sicher«, sagte Mutter. »Aber bleibt in der Nähe und haltet euch von der Straße fern.«

»Versprochen, Mama.« Dann nahm mich Franz an der Hand und ging mit mir nach draußen in den Biergarten des Restaurants. Und weil es bis eben geregnet hatte, saß niemand dort. Jetzt war es wieder trocken, und Franz und ich tollten zwischen den Tischen und Stühlen umher. Noch drei weitere Kinder von anderen Gästen spielten hier Fangen. Zwei Jungs und ein Mädchen. Ein Junge, er musste in meinem Alter gewesen sein, schrie auf und begann zu weinen. Eine große Spinne saß auf ihm.

Ich lief auf ihn zu, tätschelte seine Schulter und tröstete ihn, während ich die Spinne einfing und auf einem Strauch aussetzte.

Bei der Erinnerung musste ich lächeln. Ich war durchaus mutig, wie ich fand, und neugierig. Ich wollte die Welt kennenlernen. Ich wollte wissen, was es alles gab und was mit mir hier auf der Erde lebte.

Aber irgendwann war mir dieser Wunsch abhandengekommen. Oder ich hatte ihn tief in mir vergraben. Doch jetzt war er wieder zum Leben erwacht und wollte erfüllt werden.

Warum hatte ich meinen Mut und meine Neugier verloren?

Früher hatten wir Kanarienvögel. Alle Jahre wieder. Weiße, gelbe, orange, rote. Obwohl diese Tiere als lebhaft und zutraulich galten, waren unsere menschenscheu. Allesamt. Egal was ich damals versuchte, die Lebensdauer, die bei diesen Vögeln bis zu zwölf Jahren ging, erreichten sie nicht mal ansatzweise. Sie starben bereits nach kurzer Zeit. Jetzt war mir der Grund dafür klar: In unserem Haus lebte man nicht, sondern man siechte dahin und ging dann ein.

Ich hatte mich an die Hoffnung geklammert, mein Bruder käme zurück, um mich hier rauszuholen, denn ihm war der Schritt hinaus gelungen. Ich hatte mir eine Schwester kreiert, damit ich in diesem Haus überleben konnte und nicht einging wie die Kanarienvögel.

Mit letzter Kraft erhob ich mich und ließ mich erschöpft auf mein Bett fallen. Bevor ich einschlief, kam mir ein letzter tröstlicher Gedanke, dass man irgendwann jede Situation akzeptiert.

Nach unruhigem Schlaf und wirren Träumen wachte ich frierend auf. Die Bettdecke lag auf dem Boden neben meinem Bett und mein Nachtshirt klebte an meiner Haut. Müde rieb ich mir den schweißfeuchten Nacken, ehe ich aufstand, um mir ein frisches, trockenes Shirt überzuziehen. Danach legte ich mich wieder ins Bett, zog die Decke über mich und schloss die Augen. Aber der Schlaf wollte nicht kommen. Die Dunkelheit um mich herum fühlte sich eng an. Vielleicht würde mir ein wenig frische Luft helfen. Ich stand auf, um die Balkontür meines Zimmers zu öffnen. Ich trat einen Schritt hinaus auf den Balkon und nahm einen tiefen Atemzug. Ich spürte, wie die kühle Nachtluft in meine Nase drang und meine Lunge sich weitete, als hungerte sie nach Sauerstoff.

Ich genoss die nächtliche Stille, den sanften Wind, der durch Bäume und Gassen blies, das Rascheln von Blättern, gelegentlich war in der Ferne ein Auto zu hören, das eine Straße entlangfuhr. Ruhe breitete sich aus und hüllte mich wie eine warme, leichte Decke ein, während ich das Nachbarhaus betrachtete. Früher war es ein altes Bauernhaus gewesen, ehe die Besitzer es renoviert und modernisiert hatten.

Einzig der Birnbaum, der an einem Spalier die Hauswand aus Backstein emporwuchs, zeugte noch von der damaligen Zeit. Der Birnbaum stand in voller Blüte, und ich meinte beinahe, die Duftstoffe der Blüten riechen zu können, als ob sie die Nachtluft mit Aroma geschwängert hätten.

Ein Schauer durchlief mich, ohne dass ich den Grund dafür benennen konnte. Es war eine milde, angenehm kühle Nacht, ruhig und friedlich. Dennoch hatte ich das Gefühl, mich in Acht nehmen zu müssen. Als wäre ich ein Kaninchen, das einen Fuchs witterte. Meine Augen, die sich an die Dunkelheit gewöhnt hatten, schweiften über die Gärten, Gassen und Häuser. Da war nichts. Nur Stille.

Die Stille wurde plötzlich durch meinen Schrei zerrissen. Etwas hatte mich am Handgelenk gepackt und ließ mich nicht mehr los. Es schlag sich immer weiter um meinen Arm. Ich spürte das Kratzen von Blättern und Zweigen auf meiner Haut. Es war eine Pflanze, die sich um meinen rechten Arm wickelte. Mit meiner linken Hand versuchte ich, die Schlingpflanze – was anderes konnte es nicht sein – von meinem Arm zu schieben, doch es gelang mir nicht. Es mussten Ranken des Wilden Weines sein, der an unserer Hausmauer emporwuchs. Die Pflanze zog und zerrte an mir, während ich vergeblich versuchte, mich von ihr loszureißen. Wilde Weinreben konnten unmöglich so stark sein. Verzweifelt kämpfte ich gegen die Kletterpflanze. Panik stieg in mir auf, da ich immer näher zum Balkongeländer gezogen wurde. Der Wein würde mich in die Tiefe reißen, wenn ich es nicht schaffte, die Ranke von mir abzustreifen. Also unternahm ich einen letzten Versuch und warf mich mit aller Kraft zurück. Ich fiel in mein Zimmer auf den harten Boden. Die Pflanze hatte mich losgelassen. Dann rannte ich in den Flur.

Ich lief den Flur entlang und konnte das Gefühl nicht abschütteln, verfolgt zu werden. Von etwas, das mich dazu trieb, mit ständigem Blick über die Schulter weiterzulaufen. Dann öffnete ich die erste Tür, die ich sah, und lief gegen eine Mauer.

Moment, was?

Mit den Handflächen tastete ich zuerst, bis ich gegen die Backsteinwand schlug. Ich blickte mich kurz um. Nichts war zu sehen. Ich lief weiter und öffnete die nächste Tür. Aber auch da sah ich nicht das Innere eines Raumes, sondern nur ein schwarzes Loch. Ich bremste mich so schnell ab, dass ich ins Straucheln geriet, und konnte mich gerade noch am Türrahmen festhalten, ehe ich in das dunkle Nichts gefallen wäre. Ich trat zurück und probierte die nächste Tür. Das, was ich sah, erkannte ich sofort, obwohl es mir davor graute: die Kellertreppe. Ich schlug die Tür zu und trat ein paar Schritte zurück. Im Augenwinkel nahm ich eine Treppe wahr, die nach unten führte, und lief darauf zu.

Sieben Stufen lief ich hinab. Als ich danach dreizehn Stufen hochgelaufen war, blieb ich am Treppenabsatz stehen. Erst jetzt bemerkte ich, dass etwas nicht stimmte. Wir hatten keine Treppe, die erst hinab- und anschließend wieder hinaufführte. Wir hatten keine Türen, die sich ins Nichts öffneten oder gar zugemauert waren. Wir hatten keinen langen Flur, obwohl sich jetzt einer vor mir auftat. Er ähnelte einem Tunnel und war so lang und schmal, dass ich nicht sehen konnte, wo er endete. Ich ging ein paar Schritte, bevor ich die nächste Tür öffnete, aber dahinter war wieder nur eine Wand. Ich drehte mich einmal um mich selbst und betrachtete meine Umgebung. Es sah aus wie unser Flur, aber ich konnte beim besten Willen nicht sagen, wo ich mich in unserem Haus befand. Wo war ich?

Ich ging den Flur entlang und öffnete jede Tür. Eine nach der anderen. Aber sie führten nirgendwohin. Links ging eine Treppe hinunter. Am Fuße der Treppe war wieder eine Tür. Ich öffnete sie und sah erneut die Stiege, die in den Keller führte. Nein, ich konnte nicht in den Keller. Unmöglich! Ich drehte um und lief die Treppe wieder hinauf. Ich stolperte oft, bis ich bemerkte, dass die Stufen unterschiedlich hoch waren. Bedacht stieg ich jede Stufe hinauf. Ich strauchelte nicht mehr, doch ich kam auch nicht mehr zu dem Flur, in dem ich vorhin war. Die Stufen führten weiter und weiter, der Abstand zur Decke wurde immer geringer, ich musste mich bücken, bis ich merkte, dass die Treppe in der Decke enden würde. Ich drehte wieder um und lief hinunter. Die Stiege wurde länger und begann sich wie eine Wendeltreppe zu winden, die nicht befestigt war und in der Luft schwang. Ich klammerte mich ans Geländer, weil mir vom Schaukeln übel wurde. Mit Müh und Not schaffte ich es noch einige Stufen hinab, ehe ich zu Boden sank und mich ans Geländer lehnte. Ich war erschöpft und wollte nicht mehr herumirren. Ich zog die Knie an mich heran und legte meinen Kopf darauf, um ihn unter den Armen zu verbergen. Wie sollte es jetzt weitergehen? Ich wusste nicht, wo ich war oder wie ich von diesem unheimlichen und verfluchten Ort fliehen konnte. Es gab niemanden, den ich um Hilfe bitten konnte. Isabel existierte nicht, Franz würde nicht kommen, um mich zu retten.

Ich lachte. Das oder weinen. Ich hatte mich in meinem Zuhause verirrt. Es schien keine richtigen Maße mehr zu haben, keine richtigen Winkel mehr. Es war, als ob das Haus selbst krank geworden war. Waren die negativen Emotionen seiner Bewohner der Grund dafür?

Ich schloss die Augen, legte meinen Kopf in den Nacken und nahm einen tiefen Atemzug. Dann zählte ich langsam bis zehn. Es half ja nichts. Ich konnte nicht ewig hier sitzen. Einen letzten Versuch konnte ich noch unternehmen. Also öffnete ich die Augen wieder und sah, dass ich am Fußende der Treppe saß und vor mir zwei Türen waren. Die linke war einen Spaltbreit geöffnet. Irgendwie wusste ich, dass ich durch diese hindurchgehen sollte, aber etwas sperrte sich in mir. Ich öffnete die rechte Tür und schaute in einen Abgrund. Ja, ich hätte das wissen müssen. Ich ging einen Schritt zurück und schloss sie wieder. Dann also die linke. Mit geschlossenen Augen trat ich hindurch.

Der Riss in der Wand

Nachdem ich es geschafft hatte, die Augen zu öffnen, wusste ich, wo ich war. Wie ich in die Küche gekommen war, wusste ich nicht. Wieder sah ich diesen dunklen Riss, wie vor ein paar Tagen im Wohnzimmer. Seinen Ursprung fand ich direkt neben der Kellertür. Es war schwarzer Schimmel, der sich vom Boden an der Wand ausgebreitet hatte. Wie eine große Welle türmten sich unzählige schwarze Punkte und Flecken übereinander. Der Geruch von Moder breitete sich genauso wellenförmig aus, bis er mich schließlich ganz umgab. Vor meinen Augen bildete sich aus den Flecken ein Schemen. Aber ich dachte nicht weiter darüber nach, denn etwas anderes zog meine Aufmerksamkeit auf sich. Mit einem schaurigen Quietschen öffnete sich die Kellertür. Ganz von allein. Die Ahnung, dass ich nicht länger weglaufen konnte, sondern mich dem stellen musste, was unten auf mich wartete – denn es hatte mich schließlich hierhergelockt –, erfüllte mich, aber ich fühlte mich wie gelähmt. Ich wagte nicht, in den Keller hinabzusteigen.

Nach beinahe zehn Stunden Schlaf wachte ich auf. Obwohl ich so lange geschlafen hatte, fühlte ich mich zerschlagen und erschöpft. Ich hatte einen merkwürdigen Traum gehabt. Zwar konnte ich mich nicht mehr an einzelne Details erinnern, aber das Gefühl hielt noch lange an. Ich sah noch die wilde Frau vor mir, von der ich geträumt hatte. Sie sprach mit mir, ihre Lippen bewegten sich, doch ich konnte ihre Stimme nicht hören. Dann drehte sie sich um und bedeutete mir, ihr zu folgen. Bei jedem Schritt hinterließ sie ihre Fußspuren. Ob ich ihr gefolgt war, wusste ich nicht mehr.

Nachdem ich etwas wacher wurde, spürte ich ein mir bekanntes Kribbeln in den Fingerspitzen. Ich setzte mich an meinen Schreibtisch und suchte im Zeichenblock eine leere Seite heraus. Dann nahm ich einen Bleistift zur Hand und ließ mich leiten. Zuerst achtete ich nicht darauf, welche Bewegungen der Bleistift in meiner Hand vollführte. Erst als die Skizze fertig war, betrachtete ich sie. Sie zeigte eine Schildkröte. Plötzlich verspürte ich Lust, sie farbig zu gestalten, und holte meine Buntstifte hervor. Nachdem ich die Skizze koloriert hatte, schimmerte der Panzer der Schildkröte in allen Farben des Regenbogens, während sie durch eine bunte Unterwasserwelt schwamm.

Lange betrachtete ich mein Bild. Wäre ich als Tier geboren worden, dann als Schildkröte. Ich hatte gedacht, dieses Lebewesen sei feige, da es sich in seinen Panzer zurückziehen konnte. Aber das tat es nicht aus Feigheit, sondern weil es Schutz brauchte. Eine Schildkröte konnte sich auch wehren. Manche Arten hatten einen starken Biss. Sie hatte Kraft, sowohl körperliche als auch geistige, denn sie strahlte Ruhe aus. Weibliche Meeresschildkröten kehrten immer wieder an den Strand zurück, an dem sie selbst geschlüpft waren, um dort ihre Eier zu legen. Sie vergaßen nie, woher sie kamen, und fanden immer wieder dorthin zurück.

Auch ich konnte mich wehren, und ich konnte zubeißen, wenn ich es musste. So, wie ich es bei der Konfrontation mit meiner Mutter gezeigt hatte. Es tat mir leid, denn ich hatte wohl fester zugebissen als nötig. Vermutlich, weil ich früher alles brav geschluckt hatte und kaum Widerworte von mir gab, hatte sich das kompensiert und in meinem Biss entladen. Mein Panzer war auch härter geworden. Ich hatte gelernt, Grenzen zu setzen und mir Zeit für mich zu nehmen. Ich wusste, was ich wollte und wer ich war. Ich wusste auch, wo ich herkam. Ich würde meine Familie niemals vergessen. Ich würde auch nicht vergessen, dass ich mich gerne um meine Mitmenschen kümmerte, aber immer darauf achten sollte, mich selbst nicht aus dem Auge zu verlieren.

Ich musste es wagen! Ich musste mich dem stellen, was im Keller auf mich wartete. Ich musste mich dem Leben stellen.

Ich ging in die Küche hinunter und stand eine Weile vor der Kellertür. Meine Hand lag bereits auf der Klinke, als mir Zweifel kamen. War ich der Herausforderung gewachsen?

Ein leichter Zug umspielte meinen Nacken, als stünde jemand direkt hinter mir. Obwohl mir meine Vernunft sagte, dass ich mich fürchten sollte, öffnete ich die Tür, betätigte den Lichtschalter und stieg die Treppe in den Keller hinab. Im flackernden Licht der Neonröhre bemerkte ich, dass sich auf dem eierfarbene Kalkputz schon viele Stockflecken gebildet hatten. Die dunklen Punkte fielen wie Kirschblüten die Wand hinab. In Bodennähe änderte sich das Bild. Die Salzausblühungen und Salpeterbildungen ließen die Wand wie eine Leinwand aussehen, auf der jemand brechende Wellen gemalt hatte. Nur der modrige Geruch des Schimmels wollte nicht zu dem gefährlichen Kunstwerk passen. Die Luft im Keller war stickig, sodass mir das Atmen schwerfiel. Aber ich empfand das starke Gefühl, dass es wichtig für mich war, hier zu sein.

Ich folgte der Spur des Schimmels, bis ich zu dem Teil der Wand kam, an dem der Schimmel am stärksten ausgeprägt war. Die Flecken sich zu einem Bildnis zusammengefunden hatten. Es war eine junge Frau mit leicht gewelltem Haar. Sie hatte breite Hüften, kleine, feste Brüste und ähnelte mir. Plötzlich bewegte sie sich und trat aus der Wand hervor. Jede Rundung, jede Kurve ihres Körpers wölbte sich aus der Wand. Ihr Gesicht, das wie meines geformt war, hatte aber die Farbe des schwarzen Schimmels und war mir zugewandt, aber ihre Augen waren geschlossen.

»Das kann doch nicht sein«, flüsterte ich und streckte die Hand nach ihr aus.

In dem Moment öffnete sie ihre Augen und schaute mich mit schwarzen Augäpfeln ohne Iriden an. Ich schrie auf und zog meine Hand zurück. Dabei behielt sie mich im Blick. Sie legte den Kopf schief und schien mich zu mustern. Als ob ich das seltsamste Wesen wäre, das ihr jemals begegnet war, und sie sich nicht sicher wäre, ob ich echt oder Illusion war.

Ehrlicherweise sah ich sie genauso an. Eigentlich würde ich jetzt an meinen Sinnen zweifeln, aber in den letzten Tagen hatte ich so viel erlebt. Ich merkte auch, dass ich keine Angst vor ihr zu haben brauchte, denn sie sah mich mit einem milden und wohlgesinnten Blick an. Zumindest, soweit ich das beurteilen konnte.

Dann trat sie aus der Wand, wobei sie immer noch mit ihr verbunden schien. Sie legte den Kopf erneut schief und streckte mir ihre Hand hin.

Jeder Traum ist eine Wunscherfüllung. Jeder Geist ist ein Traum. Jeder Traum ist ein Geist. Konnte es sein, dass mein

Traum mich hierhergeführt hat? Erlebte ich diese rätselhaften, seltsamen Ereignisse, weil mein Wunsch, hinaus in die Welt zu treten, um mein eigenes Leben zu führen, so stark war? Ich hatte überlebt. Das hatten mir meine Geschwister gegeben. Die Hoffnung, dass Franz zurückkäme, die Anwesenheit meiner lieben Schwester Isabel gaben mir Kraft und Halt. Sie haben mich am Leben gehalten, dass ich nicht in diesem Haus einging. Sie hatten ihre Aufgabe nun erfüllt.

Ich dachte an die Gegenstände, die ich in den letzten Tagen gefunden hatte. Zuerst die Liebesbriefe, dann die Taschenuhr meines Vaters, in der der Schlüssel für die Holzschatulle meiner Mutter versteckt war, danach die Pflanze von Franz und der Schlüssel von Isabel.

Ich hatte herausgefunden, was meinen Eltern widerfahren war und warum sie unglücklich in diesem Haus lebten. Dafür standen wohl diese Uhr und die Schatulle. Die Pflanze könnte für Wachstum stehen, Tasche und Schlüssel ... die brauchte ich, um das Haus zu verlassen. Dazu hatten mich die Ereignisse bringen wollen. Jemand oder etwas hatte mich darauf vorbereitet, dieses Haus verlassen zu können.

Jetzt musste ich nur noch lernen, mein eigenes Leben zu finden. Ich ergriff die Hand der Frau aus der Wand, die mich zu sich zog und umarmte, bis ich mit ihr verschmolz.

Das letzte Bild

Ich wusste nicht mehr, wie ich in mein Zimmer gekommen war und wie viele Minuten oder Stunden seit meiner Begegnung im Keller vergangen waren. Die Zeit schien zwar nicht stillzustehen, aber langsam wie eine Schildkröte voranzukriechen. Letztendlich gab es auch keinen Grund, sich zu beeilen. Ich überließ mich diesem bedächtigen, geduldigen Rhythmus und entschleunigte mich. Ich saß im Schneidersitz auf meinem Bett und erlaubte der Welt, sich um sich selbst zu drehen, während ich auf einen Punkt an der Wand starrte.

Ich stieg wieder in mein Gedankenkarussell ein und dachte über alles nach, was ich in den letzten Tagen erfahren hatte. Mein Vater hatte eine Affäre, die er für die Liebe seines Lebens hielt. Vielleicht aus Angst, aber unbestritten aus Pflichtgefühl blieb er bei seiner Familie. Meine Mutter litt unter dem beruflichen und privaten Erfolg ihrer Geschwister und den Anforderungen und Erwartungen ihrer Mutter. Sie wollte perfekt sein. Doch widerfuhr ihr das Schlimmstmögliche: Der Mann betrog sie, der Chef kündigte ihr, der Sohn verließ sie ohne Verabschiedung. Seitdem war sie in die Traumwelt der Telenovelas abgetaucht, um das Leben zu leben, das sie sich gewünscht hatte.

Waren das nicht genau die Gründe, aus denen ich mich nicht in die Welt hinaustraute? Aus Angst, nicht allein leben zu können. Aus Pflichtgefühl meinen Eltern gegenüber, weil sich sonst niemand um sie kümmerte? Aus Bequemlichkeit, da auch ich mir eine Traumwelt in diesem Haus geschaffen hatte?

Konnte es mir in der Welt draußen wirklich schlechter ergehen?

Nein. Dessen war ich mir jetzt sicher. Es war, als ob alle meine Zellen schrien: Geh hinaus! Es lohnt sich!

Ja, dieser Gedanke fühlte sich richtig an. Und falls es wirklich schlimm enden würde, könnte ich jederzeit in mein Elternhaus zurückkehren.

Ein Klopfgeräusch ließ mich hochschrecken, bis ich bemerkte, dass es meine Hände waren, die auf das Bett schlugen. Es war ein ermutigendes Signal für mich selbst, jetzt aufzustehen. Ich folgte dem Impuls und stellte mich im Flur vor den Spiegel. Mich blickte eine junge Frau an, die ich zuerst nicht erkannte. Ich strich eine Locke hinter mein Ohr und straffte die Schultern.

»Ich heiße Hedwig, und ich bin Künstlerin. Ich glaube an das Gute in Menschen, aber ich muss lernen, Grenzen zu setzen. Ich mag eine harmonische Umgebung, in der sich jeder ausleben kann. Ich bin geduldig, feinfühlig und kreativ und sehe die Welt in einer Vielzahl von Farben. Ich habe gelernt, mutig zu sein. Ich bin bereit für die Welt draußen und möchte sie kennenlernen. Ich will nicht länger das brave und stille Mädchen sein. Ich möchte erfahren, was die Welt für mich bereithält und neue Seiten von mir kennenlernen.« Das fühlte sich richtig an.

Ich stand vor meinem Bett, auf dem Franz' dunkelbraune Lederumhängetasche lag. An manchen Stellen war die Farbe des vollnarbigen Leders bereits abgerieben. Ich packte nicht viel ein, nur etwas Unterwäsche, Socken, Shirts, meine Malutensilien und meinen Laptop. Die kleine Pflanze, die ich aus Franz' Zimmer geholt und aufgepäppelt hatte, stellte ich daneben.

Ich sah mich um. Mein Bett war gemacht, das Zimmer aufgeräumt, aber es wirkte unbelebt. Zu gehen würde eine gute Entscheidung sein.

Obwohl ich meine Zeichenutensilien bereits eingepackt hatte, holte ich sie wieder hervor. Ich hatte Lust, ein letztes Bild an diesem Ort zu zeichnen.

Alles, was mich je in diesem Haus festgehalten hatte – meine Eltern, mein Bruder und ein nicht unerheblicher Teil meines Selbst –, hatte ich zurückgelassen. Und ich spürte, dass wir, meine Familie und der Teil von mir, für immer in diesem Haus gefangen sein würden. Allein und unglücklich würden wir als Geister, die wir waren, dort in alle Ewigkeit wandeln. Ich war so versessen auf die Liebe meiner Eltern gewesen, dass ich mich selbst in ihrem Gefängnis eingesperrt hatte.

Aber der Teil von mir, der sich nach dem Leben, nach Abenteuer gesehnt hatte, war nun frei. Frei von all den Ketten, die ihn so lange im Keller meines Selbst festgehalten hatten. Frei von der Last, von Schuld, Scham und Angst.

Nach der unheimlichen Begegnung im Keller wusste ich nun mit unumstößlicher Gewissheit: Ich musste dieses Haus verlassen, aber nicht aus Angst. Ich hatte nicht fliehen dürfen. Das hatten mir das Haus und die Geister gezeigt. Sie halfen mir zu wachsen. Jetzt war ich bereit zu gehen.

Ich zeichnete das letzte Bild. Das letzte, das ich in dem Haus meiner Eltern malen würde. Diesmal zeichnete ich es ganz bewusst in Schwarz-Weiß. Ich zeichnete, bis mein letzter Kohlestift aufgebraucht war. Es war ein Familienbild. Jedes Mitglied war als Geist hinter einem Fenster des Hauses dargestellt. Mein Gesicht erstreckte sich über die gesamte Fläche des Papiers. Ich war nicht mehr Hedwig, das Mädchen mit den dünnen Haaren und dem schüchternen Lächeln, mit Angst als ständigem Begleiter. Ich war zu Isabel geworden. Meine Locken waren wild, mein Lachen war echt, und ich wusste endlich, wer ich war.

Nachdem ich wieder alles eingepackt hatte, verließ ich mein Zimmer. Meine letzte Zeichnung hatte ich auf meinem Schreibtisch liegen lassen. Es war mein Vermächtnis. Meine Spur, die besagte, dass ich hier gewesen war.

Als ich am Zimmer meiner Mutter vorbeiging, hörte ich sie nach mir rufen. »Hedwig ... Hedwig ... HEDWIG!«

Doch an diesem Punkt der Geschichte hatte ich ihr nichts mehr zu sagen. Und, wie ich mir eingestehen musste, fürchtete ich mich vor einer weiteren Konfrontation mit ihr. Die letzte war in eine vollkommen falsche Richtung gelaufen. Ich hatte meine Mutter weder beleidigen noch verletzen wollen. Nur meine ganze aufgestaute Wut brach den Damm und überflutete meinen Verstand. Ich hatte ihr unrecht getan. Das tat mir leid. Sie hätte es verdient gehabt, dass ich mich bei ihr entschuldige, aber leider kannte ich meine Mutter mittlerweile zu gut. Sie würde mir ein schlechtes Gewissen einreden und mich zum Bleiben bringen.

Ich war aber vor ihrer Zimmertür stehen geblieben, während sie weiter nach mir rief. Sollte ich zu ihr hineingehen und mich mit ihr versöhnen? Ich hatte meine Hand bereits auf die Türklinke gelegt, besann mich aber dann eines Besseren. Ich nahm meine Hand von der Klinke, der Griff meiner anderen Hand um den Pflanzenübertopf wurde fester. Dann stieg ich die Treppenstufen hinunter.

Eine Sache musste ich noch einpacken: meine Sternentasse. Dafür musste ich in die Küche. Vor der Begegnung mit meinem Vater hatte ich weniger Angst. Warum? Das konnte ich nicht sagen.

Ich hörte meinen Vater in der Küche hantieren. Er hackte auf die Tastatur seines Laptops ein, als ob er gegen seinen inneren Widerstand antippen musste. Ich hatte nie den Eindruck, dass ihn seine Arbeit erfüllen würde. Aber das musste er selbst wissen.

Ich stellte meine kleine Pflanze im Flur ab, dann ging ich in die Küche, um meine Sternentasse aus dem Schrank zu holen. Ich nahm sie heraus und wollte wieder gehen, als mein Vater mich plötzlich fragte: »Gehst du fort?«

»Ja«, sagte ich.

»Wann kommst du wieder?«

»Ich weiß es nicht«, antwortete ich wahrheitsgemäß.

Mit meiner gepackten Tasche, meiner Sternentasse und der kleinen Pflanze stand ich vor der Haustür. Sie war immer noch verschlossen und ließ sich nicht öffnen.

Als ich mich herunterbeugte, um meine Sachen abzustellen, spürte ich das harte Metall eines Schlüssels. Es war der Schlüssel, den ich vor Isabels Zimmer gefunden hatte. Ich holte ihn aus meiner Hosentasche heraus und sah ihn mir genauer an. Er war vergoldet und verschnörkelt. Solche Schlüssel gab es normalerweise nicht in diesem Haus. Dennoch probierte ich es. Ich steckte den Schlüssel in das

Schloss der Haustür und staunte, als er hineinpasste. Als wäre er eben für dieses Schloss geschmiedet worden. Ich drehte den Schlüssel herum. Es klackte metallisch im Zylinder, und das Schloss sprang auf. Die Tür öffnete sich.

Dennoch blieb ich vor der Schwelle stehen und dachte nach. Ich hätte jederzeit aus der Tür treten können und hatte es nicht getan. Als die Tür verschlossen war und ich nicht mehr hinauskonnte, wünschte ich es mir verzweifelt. Jetzt hatte ich das Gefühl, keine Angst mehr haben zu müssen. Ich war gewachsen. Ich war der Welt gewachsen. Jetzt konnte ich endlich in die Welt hinausgehen. Und vielleicht würde ich endlich meinen Bruder wiedersehen.

Ich blickte mich noch einmal um und sah in den Flur hinein. Ich war fertig damit, den Schmerz meiner Eltern zu ertragen. Dann überschritt ich die Schwelle.

Epilog

Moritz sah auf seine Uhr und verzog sein Gesicht. »Tut mir leid, Hedwig. Ich muss los«, sagte er, bevor er nach seiner Jacke und seiner Umhängetasche griff. »Wir sehen uns später, oder?«

»Ja«, sagte ich. »Bringst du was zu essen mit, oder soll ich uns was kochen?«

»Lass uns dann zusammen kochen«, schlug er vor und gab mir mein Skizzenbuch zurück.

Ich nickte. »Bis später«, verabschiedete ich ihn und sah ihm nach, als er ging.

Auf den Stufen zur Akademie sitzend, wartete ich auf meine Freundinnen und Freunde, die ich in meinen Kursen, Seminaren und Vorlesungen kennengelernt hatte. Zu ihnen zählte Eszter, eine toughe Frau im dritten Semester, die meist wallende Röcke und einen flachen, runden Hut mit einer kurzen, geschwungenen Krempe trug und mich gleich am ersten Tag unter ihre Fittiche genommen hatte. Dann gab es Jan, den einzigen Mann in unserer Gruppe, der mit mir zusammen das Studium begonnen hatte. Er trug meist eine Schiebermütze über seinem kurzen Haar und einen Bandholz-Bart, wie er mir sagte. Dazu kamen noch Nihan, eine Studentin im ersten Semester mit einem schwarzen Pixie Cut und burschikoser, dunkler Kleidung, sowie Greta und

Reem, ein aufgeschlossenes Pärchen, das ich noch nicht so gut kannte, die gern Haremshosen trugen. Ihre Kleidung war aus Hanf, wie sie mir verraten hatten. Ich holte meine Thermoskanne aus der Tasche und füllte Schwarztee in meinen Becher. Der erdig süße Duft des Tees stieg mir in die Nase. Ich schaute mir den dunklen Tee an. Die Dunkelheit schreckte mich nicht mehr. Ich hatte gelernt, mich mit ihr auseinanderzusetzen, sie anzusehen, auszuhalten, mit ihr zu leben und sie in etwas Nützliches zu verwandeln. Seit den Erlebnissen in meinem Elternhaus wusste ich, dass die Dunkelheit mir nichts anhaben konnte. Gelegentlich verspürte ich noch Angst, und der Spuk folgte mir weiterhin.

Einmal wechselte ich eine Glühbirne. Nachdem ich die neue in die Fassung geschraubt hatte, gab sie zwar Wärme ab, aber kein Licht.

Obwohl ich spürte, wie mir die Gänsehaut über den Körper lief, brauchte ich mich nicht zu fürchten. Ich musste nur einen Fuß vor den anderen setzen und in mich hineinhören. Meine Therapeutin half mir wöchentlich dabei.

»Endlich zu Hause«, sagte ich und seufzte, nachdem ich in Moritz' Wohnung gekommen war. Ich lächelte. Zum ersten Mal in meinem Leben hatte ich das Gefühl, zu Hause zu sein. Mein Vater sagte früher immer: »Zu Hause ist, wo man den Hut aufhängt.« Aber in diesem Bild fehlten die Geborgenheit, die Sicherheit und das Geliebtwerden. Bei Moritz fühlte ich mich geborgen und sicher.

Wir wohnten nun zusammen in seiner Dreizimmerwohnung im 8. Wiener Bezirk, Josefstadt. Seine Eltern unterstützten ihn finanziell, sodass sich Moritz die Wohnung leisten konnte. Mir hatte er ein kleines Zimmer freigeräumt.

Klein, aber fein, wie es so schön heißt. Was ursprünglich als eine Übergangslösung gedacht war, wurde zu unserem neuen Leben.

Erschöpft ließ ich mich auf die Couch sinken. Zuerst drei Kurse in der Akademie. Danach ging ich mit meinen Freunden und Freundinnen zum Mittagessen in ein kleines Bistro. Anschließend ging ich zu meiner Schicht im Café-Restaurant des Kunsthistorischen Museums, um mir was dazuzuverdienen. Ich mochte die Arbeit als Kellnerin dort gerne. Vor allem liebte ich die Umgebung. Es war immer wieder ein Erlebnis für mich, die marmorne und vergoldete Prunktreppe hinaufzusteigen. Ich liebte es, durch die Gänge mit den Meisterwerken zu spazieren.

Nachdem ich meinen ersten Lohn erhalten hatte, wollte ich Moritz das meiste davon geben, um für die Miete aufzukommen. Aber er wollte es nicht annehmen.

»Du brauchst keine Miete zu zahlen, Hedwig«, sagte er. »Spar deinen Lohn. Meine Eltern haben genug Geld. Denen fehlt es an nichts. Und du stehst deswegen auch nicht in meiner Schuld. Aber wenn du etwas zu unserer Wohngemeinschaft beitragen möchtest, mache ich dir einen Vorschlag. Was hältst du davon, wenn wir uns Pflanzen anschaffen und du dich darum kümmerst?«

So machte ich es mir zur Aufgabe, die Wohnung mit vielen verschiedenen Pflanzen zu bestücken, sie zu gießen, zu hegen und zu pflegen. Aus Franz' kleiner Pflanze wurde eine wunderschöne Calathea, deren Blätter kleine Kunstwerke waren. Verschiedene Grüntöne sowie dunkles Violett mischten sich in einem fantastischen Muster. Sie war die lebendigste Pflanze, die ich mir vorstellen konnte. Ihre Blätter raschelten, morgens und abends. Zum Schlafen zog sie ihre

Blätter zu sich nach oben und zum Aufstehen öffnete sie sich wieder zu ihrer schönsten Pracht.

Ich mühte mich von der Couch hoch. Es gab noch Pflanzen, die gegossen werden wollten. Unter dem Gezwitscher unserer beiden Kanarienvögel, die wir uns zusammen angeschafft hatten, versorgte ich die Pflanzen. Anschließend ging ich zum Kühlschrank und holte ein paar Blätter vom Eisbergsalat heraus. Damit setzte ich mich vor den Vogelkäfig und steckte ein Blatt durch das Gitter. Der Kanarienvogel mit dem leuchtend orangen Federkleid flog darauf zu und hüpfte näher, um ein Stück vom Salat abzupicken. Der zweite Vogel mit dem sonnengelben Gefieder begnügte sich mit Körnerfutter.

»Na, wie geht's den beiden?«, fragte mich Moritz, der sich neben mich gesetzt hatte.

»Huch«, erschreckte ich mich. »Ich habe dich gar nicht kommen hören.« Ich musste über mich selbst lachen. Ich war immer noch sehr schreckhaft. »Moritz frisst mir schon aus der Hand. Hedi ist noch etwas scheu.« Wir hatten die beiden Vögel nach uns selbst benannt, damit wir niemals vergaßen, dass wir uns um uns selbst kümmern mussten.

Moritz öffnete den Käfig und nahm ein paar Samen auf die Hand. Dann streckte er sie in den Käfig zur sonnengelben Hedi. Diese legte den Kopf schief und sah ihn skeptisch an, ehe sie auf seine Hand hüpfte und zu picken begann.

»Ich würde sagen, ihr beide unterscheidet euch in einer Sache besonders«, bemerkte Moritz lachend. »Hedi mag kein Grünzeug.«

Ungeduldig sah ich auf die Uhr. Es war schon zwanzig Uhr, und Moritz wollte bereits am Nachmittag wieder zu Hause sein. Er hatte sich übers Wochenende ein Auto geliehen, um nach Innsbruck zu fahren. Er wollte einen Freund besuchen und bot mir an, zu meinen Eltern zu fahren, um weitere Sachen von mir zu holen. Ich selbst hätte mich jetzt und in absehbarer Zeit nicht hineingetraut.

Ich saß in einem weichen, alten Ohrensessel. Wir nannten ihn Teddy, denn wenn man in ihm saß, hatte man das Gefühl, von einem riesigen Plüschteddybären umarmt zu werden. Auf meinem Schoß lag mein Zeichenblock. Aber ich hatte keine Muße zu zeichnen, solange ich nicht wusste, was mit Moritz war. Also malte ich nur Kreise und schraffierte sie. Ich sah auf mein Smartphone. Keine Nachricht von ihm. Als ich ihm gerade schreiben wollte, hörte ich einen Schlüssel, der ins Schloss gesteckt und gedreht wurde. Ich legte Block und Stift zur Seite und stand auf.

Moritz kam herein, ohne ein Wort zu sagen. Er starrte auf den Boden und stellte mein Gepäck ab. Ich beobachtete ihn, während er reglos dastand.

»Das war gruselig«, sagte er schließlich.

»Die Heimfahrt?«

»Euer Haus.« Moritz ließ sich auf die Couch fallen. »Gestern war ich da. Die Nacht über konnte ich kaum schlafen. Und wenn ich mal weggedöst bin, hatte ich nur Albträume von diesem Haus.«

»Ist was passiert?«, fragte ich.

Moritz legte sich hin und bedeckte mit seinem rechten Arm seine Augen. »Nein, es ist nichts passiert. Wie du gesagt hattest, war die Haustür unverschlossen. Ich bin ins Haus und ... ich weiß auch nicht.« Er seufzte. »Ich hatte beinahe den Eindruck, als wäre das Haus unbewohnt. Es war so dunkel und kalt. Also so ...«

»Emotional kalt?«

»Ja, so in der Art. Auf keinen Fall wollte ich länger als nötig dortbleiben. Ich rief sogar nach deinen Eltern. Nicht dass sie auf den Gedanken kämen, ich wäre ein Einbrecher. Aber keiner hat geantwortet. Ich war mir gar nicht sicher, ob wirklich jemand dort war. Es war so still. Ich bin so schnell wie möglich in dein Zimmer und habe alles in den Koffer gepackt. Danach wollte ich so schnell wie möglich aus dem Haus. Es war so ein merkwürdiges Gefühl. Und es hat sich wie eine Zecke festgebissen.«

»Es hat sich viel geändert, seit du das letzte Mal dort warst.«

Moritz gab einen zustimmenden Laut von sich, sagte aber nichts mehr. Ich ging in die Küche und machte uns zwei Tassen heiße Schokolade. Diese stellte ich zusammen mit einer Schale mit weißem Nougat auf den Wohnzimmertisch.

»Trink«, sagte ich zu Moritz. »Das wird guttun.«

»Hedwig? Ist alles in Ordnung?«, fragte Moritz, als er nach Hause kam und mich zusammengekauert im Ohrensessel fand. Als ich aufsah, konnte ich anhand seiner Miene ablesen, dass ich immer noch gerötete Augen hatte. Aus Angst, dass ich gleich wieder zu weinen anfangen könnte, nickte ich nur.

Moritz ließ seine Tasche auf den Boden fallen und setzte sich vor den Ohrensessel. »Was ist los?«

»Habe ich wirklich die richtige Entscheidung getroffen? Ich habe das Gefühl, meine Eltern im Stich gelassen zu haben. Ich bin doch nur weggelaufen.«

»Manchmal muss man das. Erst in sicherer Entfernung und wenn man selbst in Sicherheit ist, kann man sich der Probleme annehmen.«

»Es fühlt sich trotzdem irgendwie falsch an.«

»Hedwig, du bist eine sehr empathische Frau und kümmerst dich wundervoll um die Menschen, Tiere und Pflanzen, die dir wichtig sind. Das ist eine sehr großartige Eigenschaft an dir. Aber du darfst dich nicht selbst vergessen. Schau dir an, was du alles geschaffen hast.« Er zeigte in die Wohnung. »Du hast wahrlich einen grünen Daumen. Bei mir wären die Pflanzen schon längst eingegangen. Schau dir deine Zeichnungen an.« Er zeigte auf einige Bilder, die wir eingerahmt an der Wand aufhängt hatten. »Du schaffst Großartiges. Ich sehe auch immer, wie du aufblühst, wenn du zeichnest oder dich um die Pflanzen und die Vögel kümmerst. Ging es dir auch so bei deinen Eltern?«

Ich dachte nach, obwohl mir die Antwort schon klar vor Augen stand. »Nein.«

»Und bist du unglücklich hier?«

»Nein!« Diese Antwort kam sofort. »Ich liebe es, hier zu wohnen.«

»Dachte ich mir's«, sagte er und lachte.

»Aber glaubst du, dass ich die richtige Entscheidung getroffen habe?«

»Glaubst du es?«

Ich dachte nach. Ich war genau da, wo ich sein wollte. Außerdem: Meine Eltern waren erwachsen. Sie waren für sich selbst verantwortlich, so wie ich für mich selbst auch war.

»Zeit für heiße Schokolade, oder?«, fragte Moritz

Ich lachte. »Sehr gerne. Mit Marshmallows?«

»Auf jeden Fall mit Marshmallows!«

Als Moritz mit zwei Tassen aus der Küche zurückkam, sagte er: »Mir ist eben eine Idee gekommen. Wie wäre es, wenn du deinen Eltern einen Brief schreibst?«

»Die Idee gefällt mir. Würdest du mir helfen? Wenn ich das tue, brauche ich viel Zucker und Musik gegen den Stress.«

Moritz lachte. »Aber sicher doch.« Er nahm einen Schluck aus seiner Tasse, dann holte er eine Schale mit weißem Nougat und stellte sie auf den Tisch. Währenddessen besorgte ich mir einen Block und meinen Kugelschreiber. Als ich wiederkam und mich in den Ohrensessel setzte, hatte Moritz bereits an seinem Klavier Platz genommen. Er spielte Stücke von Ludovico Einaudi, von dem Moritz wusste, wie sehr ich seine neoklassische Musik liebte.

Ich schrieb mir in diesem Brief alles von der Seele. Ich erklärte meinen Eltern, warum ich gegangen war. Ich schrieb über mein neues Leben in Wien und wie glücklich ich hier war. Ich wünschte ihnen aufrichtig nur das Beste für ihre Zukunft. Vielleicht würden wir uns ja wiedersehen.

Ich steckte den Brief in einen Karton, in den ich die Holzschatulle meiner Mutter und die Taschenuhr meines Vaters gelegt hatte, und adressierte das Paket an meine Eltern. Es war nur fair, dass sie diese Erinnerungen wiederbekamen, die mir geholfen hatten, meine Eltern besser zu verstehen.

Einen Brief schrieb ich sogar an Franz, auch wenn ich mir nicht sicher war, ob er antworten würde. Aber ich erzählte ihm meine Geschichte. Den Brief gab ich Moritz. Ich wusste nicht, ob der Brief ihn überhaupt jemals erreichte, aber es genügte mir, dass ich ihn geschrieben und aufgegeben hatte. Ich fragte Moritz nicht mehr danach, wo Franz steckte, denn auf diese Frage antwortete er stets mit traurigem Blick, dass er es mir nicht sagen könnte. Erst Jahre später erfuhr ich von Moritz, dass mein Bruder kurz nach seinem Auszug bei einem Autounfall gestorben war.

Gelegentlich dachte ich noch an meine Familie und das Reihenhaus in der kleinen Straße am Rande von Innsbruck. Das Haus war nichts Besonderes. Es war ein Reihenhaus aus den 1960ern. Im Hintergrund ragten imposant die mit Schnee bedeckten blauen Berge des Alpengebirges empor.

Das obere Viertel des Hauses war mit Holz verkleidet, die Balkone sowie die Fensterläden waren ebenfalls aus Holz. Dieses hatte schon nicht mehr die typisch braune Farbe, sondern hatte stattdessen durch die Witterung ein bleiches Grau angenommen. Im Vergleich zu den anderen Häusern in der Straße wirkte das Haus heruntergekommener, als es war. Der Garten war unordentlich, und alle Pflanzen und Sträucher wucherten nach ihrem Belieben.

Manchmal war ich mir sicher, dass ich es war, die sich aus diesem Haus, aus diesem Leben geholt hatte. Manchmal aber dachte ich, dass es das Haus war, das mich loswerden wollte. Zu lange schon lebten unglückliche und verängstigte Menschen in ihm. Und jemand, der wie ich noch Hoffnung hatte, musste sich wie ein Fremdkörper für das Haus angefühlt haben.

Wir beide hatten einander nicht gutgetan. Und manchmal, wenn ich wieder einmal dieses Haus zeichnete, dann verspürte ich Mitleid. Denn das Haus und seine Bewohner waren allein, jeder gefangen in seinem Raum. Wie die rosa-grünen Blüten auf der hässlichen Tapete blieben sie an ihrem Platz fixiert und kamen einander nicht nahe.

Und immer dann, wenn ich tief in diesen Gedanken steckte, schaute ich zu Moritz. Während ich zeichnete, spielte er Klavier. Dann stieg eine solche Freude und Wärme in mir auf, weil ich nicht mehr allein war und jemanden hatte, der mich zum Lachen brachte und mir manchmal auch viel zu nahekam. Aber das war schöner, als voneinander entfernt zu sein.

Aber vergessen wollte ich weder das Haus noch seine Bewohner. Aus meinen Erinnerungen heraus zeichnete ich Porträts von ihnen. Von meinem Vater, wie er in der Küche hantierte, von meiner Mutter an ihrer Nähmaschine, von meinem Bruder, der vor der gepackten Reisetasche stand, von der strahlenden, mutigen Isabel und der verängstigten Hedwig. Auch das Haus zeichnete ich, sowohl von außen als auch von innen.

Noch heute kann ich mich an das Gefühl erinnern, das ich empfand, als ich das Haus verließ. Es galt, einen Schritt nach dem anderen zu tun. Das würde mein ganzes Leben lang so bleiben. Ich würde so lange bei Moritz bleiben, wie es gut war. Jetzt konnte ich ja gehen. Am Schluss war nicht alles gut, aber es war machbar. Und heute weiß ich: Der Schmerz meiner Eltern ist nicht mein Schmerz.

Danksagung

An dieser Stelle möchte ich mich bei all denjenigen bedanken, die mich auf meiner Reise zu diesem Roman begleitet und motiviert haben.

Liebe Arina, ganz lieben Dank für die vielen inspirierenden Gespräche und deine klugen Ideen, deine lehrreichen Erklärungen und dein liebevolles Feedback. Auch wenn ich leider nicht alles umsetzen konnte, habe ich doch viel von dir gelernt.

Liebe Nina, ich kann dir gar nicht genug danken für deine motivierenden Ansagen. Du hast mich immer wieder zum Weiterschreiben gebracht. Ich danke dir sehr für die Zeit, die du dir für mich genommen hast.

Lieber Alex, ich danke auch dir besonders für deine Zeit und deine Ideen, die meine Geschichte flüssiger gemacht haben.

Liebe Freunde, die ich nicht alle namentlich erwähnen kann: Danke für eure Unterstützung und eure Nachsicht mit mir, wenn ich euch mal wieder abgesagt habe, »weil ich schreiben muss«.

Liebe Familie, danke, dass ihr mich immer unterstützt und gefördert habt, wo es nur ging. Hab euch sehr lieb.

Mein besonderer Dank gilt zudem auch der gesamten Prosathek. Ohne euch wäre mein Traum nicht wahr geworden. Ihr seid eine wundervolle Truppe!

Ich bedanke mich auch beim Diederichs Verlag und seinen Mitarbeiter:innen. Vielen Dank für diese großartige Möglichkeit.

Ein wunderschöner, in schillernden Farben erzählter Roman

»Maynard schafft es, ihre Leser zu fesseln«
New York Times

Diederichs
www.diederichs-verlag.de